맙소사, 아직도 대학이라니

맙소사, 아직도 대학이라니

초판 1쇄 인쇄 | 2012년 1월 13일
초판 1쇄 발행 | 2012년 1월 20일

지은이 이상민 | **펴낸이** 이춘원 | **펴낸곳** 책이있는마을
기획 이춘원 | **편집** 임유란 | **디자인** 에테르9F | **마케팅** 강영길 | **관리** 정영석 · 박귀정
등록일 1997년 12월 26일 | **등록번호** 제10-1532호
주소 경기도 고양시 일산구 장항2동 753 청원레이크빌 311호
전화 (031)911-8017 | **팩스** (031)911-8018
ISBN 978-89-5639-188-5 03810

＊이 도서의 국립중앙도서관 출판시도서목록(CIP)은 e-CIP 홈페이지
 (http://www.nl.go.kr/cip.php)에서 이용하실 수 있습니다.
＊책값은 뒤표지에 있습니다.

대학, 취업에 관한 신개념 지침서

맙소사, 아직도 대학이라니

이상민 지음

책이있는마을

CONTENTS

제3장 우리나라의 대학에게 바람

Part 2

새로운 시대를 리드할 수 있는 성공법

제3장 대안은 있다!

제4장 당신을 반드시 리더로 만들어 줄 24가지 어드바이스 · 227

나는 2002년에 대학에 입학했다. 처음 나는 대학에 의문을 품지 않고 들어갔다. 그저 '대학에 가면 모든 게 잘 되겠지' 라는 생각뿐이었다. 우리 부모님들의 말씀처럼 열심히 공부만 하면 모든 게 잘 될 줄만 알고 있었다. 그러나 대학에서는 심상치 않은 분위기가 느껴졌다.

대학의 여기저기에서 신음소리와 탄식이 들려왔다. 또 사회 곳곳에서 불안의 징후가 보였다. 변호사나 의사도 사양직종이 되는 게 보였고, 대기업 회사원도 안정직이 아닌 게 보였다. 결국 대다수가 공무원으로 몰려갔지만 그 또한 안정직일 수 없음을 직감적으로 느낄 수 있었다. 뭔지 모를 불안을 느꼈다. 그런데도 대학은 학생들을 제대로 가르치고 있다는 생각이 들지 않았다. '대학에 내가 왜 다니고 있지? 라는 생각이 머리를 맴돌았다.

내 눈에는 대학의 온갖 문제들이 보였다. 대학 2학년 때부터 나는 대학에 대한 문제점을 차곡차곡 기록하기 시작했다. 밤샘을 하며 고민에 고민을 거듭했다. 희망이 없다, 대안이 없다고 말하는 대학생들에게 과연 제대로 된 희망을 줄 수 있을까? 어떤 대안을 통해 한국의 대학을 변화시킬 수 있을까? 학생과 학부모의 눈물을 웃음으로 만들 수 있는 방법은 무엇일까? 정말 치열하고 고통스럽게 고민했다. 길고 긴 고통의 시간을 보낸 후, 이 책을 완성할 수 있었다.

대학진학을 고민하는 고등학생, 대학에 왜 다니는지 모르는 대학생, 안정을 넘어 위대함으로 나아가고자 하는 2,30대와 내 자식을 전설적인 브랜드로 키우고 싶은 학부모, 대학교육에 대해 문제의식이 있는 분들에게 이 책을 바친다. 이 책을 통해 모두가 함께 긍정적으로 변화될 수 있기를 간절히 소망한다.

지금의 시대는 힘들기에 더 역동적일 수 있다고 믿는다. 모두가 힘을 내기를, 더 크게 도전하기를, 더 행복하기를 뜨겁게 소망한다.

2012년 1월
저자 이상민

제1장
아빠지, 내가 당신처럼 살기를
바라시나요?

제2장
대학망국, 대학인국

제3장
우리나라의 대학에게 바람

Part 1

맙 소 사 , 아 직 도 대 학 이 라 니

믿었던 대학에
발등을 찍히다

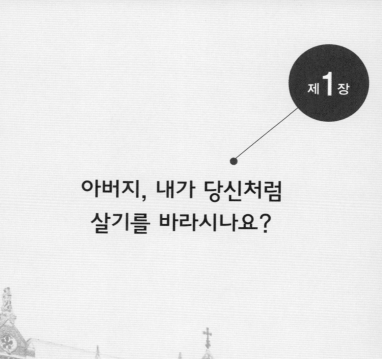

아버지, 내가 당신처럼
살기를 바라시나요?

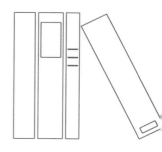

당신은 불쌍한 아버지입니다

대한민국의 아버지들은 모두 불쌍하다. 누구보다 열심히 일했지만 자신의 노후를 책임지기에도 힘든 현실이다. 아버지들은 밤마다 몰래 눈물을 흘린다. 적어도 자녀에게만큼은 마음껏 베풀어 주고 싶지만 마음대로 되지 않기 때문이다. 아버지들은 고픈 배를 움켜쥐고 열심히 공부를 했고, 누구보다 성실하게 살아왔다. 그러나 지금 그들의 주머니는 텅 비어 있다.

지금 이 시대를 살아가고 있는 우리의 아버지들만큼 불쌍한 사람들이 또 있을까?

소설 『허삼관 매혈기』에는 허삼관이라는 아버지가 삶의 고비 때마다 자신의 피를 팔아 살아가는 모습이 나온다. 허삼관은 자신의 가족을 위해 피를 팔고 또 판다. 그러나 난생 처음 자신을 위해 피를 팔러 갔을 때는 늙고 병들었다는 이유로 거절을 당하게 된다. 허삼관이 자신의 피를 팔아 가족을 부양하는 모습과 정작 자신을 위해선 돈을 쓰지 못하는 모습은 우리나라의 수많은 아버지들의 모습과 많이 닮아 있다.

아버지들은 불안정한 직장 속에서 매일을 불안하게 살고 있다. 이제는 취업만 하면 걱정이 끝나는 시대가 아니기 때문이다. 게다가 물가는 살인적으로 오르고 있고, 월급은 제자리걸음이니 아버지들의 허리가 점점 더 휠 수밖에 없다.

대부분의 아버지들은 평생을 저축해도 5억 원 정도의 돈도 모으기 힘들다. 직장생활을 30년 정도 한다고 했을 때, 1년에 2천만 원을 저축해야 6~7억 원을 모을 수 있다. 그러나 실제로 이렇게 저축할 수 있는 아버지는 흔치 않다.

우리나라는 유난히 경쟁이 심한 곳이다. 특히 학벌은 자부심을 가지고 살아갈 수 있는 든든한 방패라는 생각이 전 국민의 머릿속에 뿌리 깊이 박혀 있다. 그래서 우리나라 대부분의 가정에서는 대학입학을 위한 사교육에 과도할 정도의 돈을 쓰고 있고, 때문에 아버지들의 괴로움도 날이 갈수록 커지고 있다.

그렇다고 자녀를 대학에 입학시키는 것으로 아버지의 고생이 끝나느냐 하면 그것도 전혀 아니다. 중·고등 교육보다 더 돈이 많이 들어가는 것이 대학교육이다. 청년실업난이 일상화된 요즘은 졸업 이후에도 취업준비를 위한 학원에 다녀야만 하고, 그러려면 많은 돈이 든다.

결국 아버지들은 자녀들을 뒷바라지하고 나면 노후를 보낼 수 있는 돈이 없다. 그렇다고 제 앞가림하기에도 바쁜 자녀들이 부모를 봉양할 형편이 되는 것도 아니니 정말 속 터질 노릇이 아닐 수 없다.

현재 세계경제는 디플레이션에 고물가까지 있는 스태그플레이션 상태이다. 앞으로는 국내기업도 더 어려워지고, 그에 따라 아버지들의 돈벌이도 더 힘들어지며, 기업 세수감소로 인해 국가의 곳간도 점점 더 비어갈 것이다. 따라서 연금도 필연적으로 개혁이 될 것이고, 사회안전망도 점점 더 얇아질 것이다. 이렇게 되면 자녀들도 기반을 잡고 살아가기가 점점 더 힘들어질 것이다. 상황이 이러하기 때문에 자녀의 대학교육을 위해 많은 돈을 지출하는 것은 부모 자신의 미래를 크게 어둡게 할 수 있다.

지금이야말로 진지하게 고민해야 할 때다. 당신이 아버지라면 '내가 그래왔듯이 너 역시 나처럼 회사인간으로 성실하게 살아라.' 하고 자녀에게 자신 있게 말할 수 있을까? 반대로 당신이 누군가의 자녀이고, 지금 진로를 결정해야 하는 중요한 시기에 놓여 있다면 '나도 내 아버지처럼 회사인간으로 성실하게 살아야지.' 라고 마음 먹을 수 있을까?

지금 우리는 명문대학을 졸업해도 미래를 보장받을 수 없는 시대에 살고 있다. 그렇다면 부모들은 조금 더 냉정해질 필요가 있다.

'내가 있는 돈을 다 끌어 모아서 자녀를 대학에 보냈다. 그러나 이 아이는 대학을 졸업하고 나서도 크게 성공하지 못할 가능성이 크다. 그렇다면 나의 삶은 앞으로 어떻게 되는 것인가? 누가 나의 노후를 책임질 것인가?'

이런 생각을 한다고 해서 비정한 부모가 되거나 자신의 이익만 생각하는 이기적인 부모가 되는 것이 아니다. 오히려 부모의 냉정하고 정확한 판단이 부모와 자녀 모두를 살릴 수 있다.

현재의 대학에서는 졸업장만 주는 역할을 할 뿐 제대로 가르치는 것이 없다. 대학의 전공공부는 제대로 이루어지지 않고 있고, 학생들도 도서관에서 따로 취업이나 공무원시험을 준비한다. 대학은 그저 형식적인 과정에 불과하다.

대학에 다니는 동안 약 6천만 원~1억 원의 비용과 4년의 시간은 매몰비용이 되고 있는 것이다. 차라리 이 시간과 비용으로 자신이 앞으로 승부할 본업本業의 경쟁력을 쌓는 데 사용한다면 오히려 긍정적인 효과를 낼 것이다. 오히려 적은 비용으로 훨씬 더 효과적인 결과를 낼 수도 있을 것이다.

이제 대학졸업장은 운전면허증과 같다. 대기업에서 임원이 될 수 있는 사람은 불과 100명 중 1명이다. 공무원의 경우도 기업의 세수 감소로 인해 결코 안전한 직종이 아니다. 또한 전문직도 공급과잉, 기술진보, 시장개방 등으로 사양직종이 되고 있다.

이제는 남들이 가는 길을 무작정 따라가면 안 된다. 자신의 재능을 살린 독특한 길, 유일무이한 길을 걸어가야만 한다. '남들이 모두 입으려고 하는 천편일률적인 기성복'은 버려야 한다. 대신 '자기 몸에 꼭 맞는, 세상에서 단 한 벌뿐인 맞춤정장'을 입어야만 한다.

우리시대에는 '안정'이란 존재하지 않기에 안정직이라고 불리는 직업에 매달리는 것은 오히려 자신의 목을 옥죄는 일이다. 이제는 업業의 본질적인 경쟁력에 초점을 맞추고 '10년 준비'를 해야 한다. 그래야만 단순한 안정을 넘어 시대를 창조할 수 있는 리더가 될 수 있기 때문이다.

지금은 산업혁명기보다 더 극심하게 변하고 있는 경제의 대격변기다. 세계적인 불황이 매우 심화되고 있고, 기술진보는 극심해지고 있으며, 기업 간의 경쟁은 치열해 커모디티화(유사·동일화)가 계속해서 발생하고 있다.

시대적 상황이 이렇게 불투명하기 때문에 모든 것을 의심해 보고, 새로운 시대에 맞는 새로운 정의를 내리고, 자신의 인생을 책임지는 것이 바람직하다.

앞으로 아버지들은 남들이 하니까, 남들이 가니까 하는 식의 사고를 가지고 자녀를 교육시킨다면 자신은 물론 자녀에게도 또 다른 형태의 큰 죄를 지을 수 있다는 것을 알아야 한다.

교육비, 출산율 저하의 주범

우리나라는 출산율이 낮은 국가 중 세계 상위권이다. 유엔 통계를 보면 186개국 중 세계 3위인데 실제로는 1위나 다름이 없다. 상위국가 중 보스니아 헤르체고비나는 내전 중이고, 한 국가는 국가라고 볼 수 없는 홍콩이기 때문이다.

왜 우리나라의 출산율이 세계에서 가장 저조한 것일까? 바로 먹고 살기가 힘들기 때문이다. 언제 해고될지 모르는 불안한 직장, 배추 한 단 사는 것도 고민하게 만드는 생활비, 버는 대로 몽땅 나가는 교육비, 날로 올라가는 전세와 늘어만 가는 월세, 차마 버리지 못하는 내 집 마련의 꿈이 우리를 자녀도 낳지 못하는 사람으로 만들고 있는 것이다.

요즘 반값 등록금 논쟁으로 상당히 시끄럽다. 그만큼 많은 사람들이 교육비 때문에 힘들어 한다는 뜻이다. 실제로 대학 학자금 융자를 갚는 데 졸업 후 보통 5~10년씩 걸리고 있다. 이 말은 대학졸업 후 33~38세 정도까지 저축을 전혀 못 한다는 뜻이다.

어떤 학생은 1년 동안은 돈을 벌고, 1년 동안은 학교 다니는 것을 4년 간 반복해 졸업이 늦어지기도 한다. 이런 학생들은 취업연령제한에 걸리기 때문에 결국 아무 곳에나 취업을 하거나 아르바이트나 전전하게 된다.

이보다 더 심각한 경우도 많은데 학자금 대출 때문에 신용불량자가 된 경우와 사채를 써서 부녀父女가 동반자살을 한 경우가 그것이다.

지금 우리나라는 대학을 졸업해도 취업을 못 하는 사람들이 부지기수다. 대학 4년을 사실상 배우는 것 없이 허비하고 있으며, 등록금과 생활비를 충당하느라 평생을 학자금 빚에 저당 잡힌 삶을 사는 것이 오늘날 대한민국 청년들의 모습이다.

왜 우리는 이런 현실에 대해 제대로 비판하지 못하고 있고, 정치권은 눈감고 있으며, 대학은 수수방관만 하고 있는가?

대학교육의 폐해는 이제 참을 수 있는 수준을 넘었다. 더 이상 가만히 두고 볼 수만은 없는 문제가 되었다. 이제 우리의 선택은 대학을 개혁하든지 대학을 뒤집어엎든지 둘 중 하나이다.

우리나라의 부모들은 자녀를 대학에 보내기 위해 많은 희생을 한다. 경제적으로 많은 비용을 부담하기도 하고, 생활의 많은 부분을 포기하기도 한다. 자녀들도 대학입시를 두고 무한 경쟁이라는 이름의 끝없는 레이스를 벌인다. 그러나 가족 모두가 많은 것을 희생해서 들어간 영광스러운 대학생활의 실상은 어떠한가?

고등학교 때까지 그토록 열심히 공부했던 학생들이 대학에 들어가서는 놀기에 바쁘다. 공부를 한다고 해도 단순히 신입사원이 되기 위한 취업관문 통과용 공부만 하고 있다.

대학에서 제공하는 강의도 형편없다. 우리나라의 대학 경쟁력은 사실상 세계 꼴찌이며, 대학 졸업생의 경쟁력도 그렇다. 그런데도 대학은 점점 더 많은 돈을 요구하고 있다. 이런 현실 속에 사는 부모들이 자녀를 낳는 일을 힘겹게 여기는 것은 당연한 일이다.

우리나라의 교육현실은 저조한 출산율의 대단한 공로자이다. 교육 받을 국민이 없으면 교육 자체도 무의미하다. 그러나 우리나라의 교육현실은 악순환의 고리를 끊지 못한 채 녹슨 톱니바퀴를 오늘도 꾸역꾸역 돌리고 있다.

남다른 시각을 지녀야 남다른 자녀를 기를 수 있다

지금까지는 다수가 가는 길이 곧 정답이었다. 그러나 앞으로는 그렇지 않다. 앞으로의 정답은 '유일무이한 자신만의 길'을 걸어가는 것이다.

자신만의 독특함에 주목해야 하는 것이다. 자신의 재능으로 회귀해야 한다. 진정 자신의 가슴이 원하는 곳으로 나아가야 한다. 그래서 자신을 차별화시키고, 최고의 브랜드로 만들어야 한다.

이제는 부모가 남들이 많이 가는 길(=죽음의 길)로 자녀를 밀어넣으면 안 된다. 자녀가 가장 좋아하고 가장 잘 할 수 있으며, 가장 행복하고 뜨겁게 미칠 수 있는 업業을 찾도록 도와주어야 한다.

한 사람이 모든 일을 잘할 수는 없다. 그러나 한두 가지는 독보적으로 잘 할 수 있다. 스스로 그것을 발견하고, 즐기고 미쳐서 자기 분야에서 세계 1위로 살아가야 한다.

우리 자녀들은 자신의 가슴이 진정으로 원하는 삶이 무엇인지 묻고, 명확하게 답할 수 있어야 한다. 자신의 가슴이 원하는 삶을 행복하되 뜨겁고 치열하게 살아가야만 한다.

앞으로의 시대는 평생직장이 아닌 '본업本業의 경쟁력'으로 평생을 승부해야 하는 시대이다. 따라서 자녀들은 '재능과 관심', '개인적인 경험', '유전적 기질'을 통해 평생을 즐겁고 행복하게 즐기면서 할 수 있는 일을 발견하고, 그 일에 목숨을 걸어야 한다.

그러나 오로지 안정성 때문에 남들이 많이 가는 곳으로만 눈을 돌리면, 이를 테면 명문대 진학, 고시나 공무원, 대기업으로의 취업으로만 눈을 돌리면 자녀는 안정성도 확보할 수 없고, 평생을 행복할 수도 없다.

탁월함이 없다면 경쟁에서 살아남을 수 없다. 경쟁에서 승리할 수 있는 가장 확실한 비책秘策은 행복하게 즐기면서 일하는 것이고, 그렇게 하려면 오직 자신이 가장 잘 할 수 있는 '자신만의 독특한 길'로 걸어가야만 한다. 따라서 우리나라의 부모들은 남들이 옳다고 하는, 남들이 많이 가는 길에 자신의 자녀를 가둬 놓아서는 안 된다.

많은 사람들이 가는 길이 올바른 길이라는 고정관념, 상식, 통념을 뛰어넘어야 한다. 그리고 내 자녀가 가장 잘 할 수 있는 일, 가슴이 뜨겁게 원하는 일, 차별화를 넘어 최고의 브랜드로 나아갈 일, 성공과 행복을 거머쥘 일을 하며 가장 자신답게 살 수 있도록 해 주어야 한다.

지금은 명문대를 졸업해도 어떠한 보장도 되지 않는 시대이다. 번듯한 직장에 취업해도 마찬가지다. 만약 자녀가 피자나 치킨을 만들고 싶다면, 그것을 진심으로 원한다면 믿고 응원해 주어야 한다. 내 자녀가 피자헛을 능가하고, KFC를 능가할 세계적인 기업을 만들 수도 있다고 믿어 주어야 한다.

꿈에 목숨을 건 사람은 천하무적이다. 자녀의 가슴이 절절하게 원하고 있고, 눈에서 뜨거운 빛이 나고 있다면 도와주어야 한다.

지금은 명문대 간판이 아닌 실력으로 승부하는 시대이고, 업業의 경쟁력으로 승부하는 시대이며, 재능을 바탕으로 한 노력으로 승부하는 시대임을 명심해야 한다.

'국어 · 영어 · 수학이라는 일률적인 잣대'로 평가하여 입학하던 대학이 미래를 책임져 주는 시대는 끝났다. 자신만의 재능과 관심에 바탕을 두고 '즐기는 장인정신'으로 승부하는 시대가 열린 것이다.

즐기는 장인정신으로 노래에 미치면 서태지가 될 것이고, 피겨에 미치면 김연아가 될 것이며, 과학기술에 미치면 스티브 잡스가 될 것이다.

앞으로는 서울대를 졸업해도, 해외 MBA 자격증을 가지고 있어도 의미는 없다. 즐기면서 '계속적인 결과'를 만들어 내는 것, 행복하게 일하면서 '탁월함을 넘어 독보적인 결과'를 만들어 내는 것이 세계적으로 의미있는 일이 되고 있다.

자녀가 공부에 취미가 없다면 과감히 책을 덮게 해야 한다. 국어 · 영어 · 수학만으로 평가되는 시대가 종언終焉을 고하고 있기에. 시대의 패러다임이 변하고 있는 것이다.

그러나 이것은 분명히 기억해야 한다. 자녀에게 '열정'이 있어야 한다는 것! '자신감'이 있어야 한다는 것! '꿈'이 있어야 한다는 것!

지금은 진짜 실력으로 진짜 승부를 하는 시대이다. 때문에 하나에 집중하여 탁월하게 일을 해내야만 한다. 일은 성실하게 하면 안 된다. 미친 듯이 해야 한다. 죽을 각오로 목숨 걸고 해야 한다. 그러려면 먼저 그 일을 진심으로 좋아하고 사랑해야 한다.

만약 자녀가 이런 마음가짐이 없이 그저 공부만 하기 싫어한다면 솔직하게 현실을 이야기 해 주어야 한다. 진정 자녀를 사랑한다면 마음을 열고 솔직하게 이야기해야 한다. 자녀들에게 부모의 한계와 세상의 현실을 알려 주는 것을 부끄럽다거나 냉정하다고 여겨 거짓말을 하거나 감추는 것은 좋은 일이 아니다.

"내가 너를 낳았고 너를 끝까지 도와주고 싶다. 하지만 나도 모아 둔 돈이 많지 않기 때문에 너를 계속 도와줄 수는 없다. 누구든 어느 정도 나이가 되면 경제적으로 완전히 자립을 해야만 한다. 너도 예외가 아니다. 20대 초중반이 넘어서면 그때부터 너는 혼자서 세상을 살아가야 한다.

경제적인 현실생활은 지금까지 학교공부와는 차원이 다르다. 사회에서 요구하는 수준으로 일을 하지 못할 경우 밥을 굶을 수도 있고, 잠잘 곳이 없을 수도 있다. 따라서 너는 네가 가장 좋아하고 잘 할 수 있는 일에 목숨을 걸고 미쳐야만 한다. 성실하게 하는 것으로는 부족하다. 그런 시대는 지나갔다. 네가 목숨을 걸 부분에 대해서 충분히 고민하고 미친 듯이 도전해라. 딱 3년만 목숨을 걸고 미치면 일정 수준에 올라갈 것이고, 10년 간 미치면 장인匠人이 될 것이다. 지금 네가 어떤 고민을 하고, 어떤 꿈을 갖느냐, 얼마나 독한 노력을 하느냐가 앞으로 너의 인생을 결정지을 것이다. 진지하게 생각해 보아라."

자녀들은 부모가 얼마나 자신을 사랑하는지를 잘 안다.

우리나라의 자녀들은 전통적으로 효성이 강하며 자신이 못 먹어도 부모에게만큼은 효도하고 싶은 마음을 가지고 있다. 부모가 진심으로 이야기하면 자녀들은 모두 그 뜻을 이해할 것이다.

부모는 자녀가 혼자서 많은 고민을 할 수 있도록 시간을 주어야 한다. 많은 사색과 성찰을 통해서 자신의 길을 찾아내고, 그 속에서 내공을 쌓는 시간, 그 몇 년의 시간이 자녀의 평생을 좌우할 것이다.

이 과정에서 부모는 최소한의 의식주, 필요한 책을 지원을 해야 하고, 여건이 허락한다면 여행도 보내 주면 좋다. 자녀가 자신의 본업本業을 발견했다면 그것에 매진할 수 있도록 도와주면 더 좋을 것이다.

그러나 만약 경제적으로 허락되지 않는다면 자녀가 스스로 고생을 하면서 일어설 수 있도록 하는 것도 좋은 방법이다.

고생은 모두가 하기 싫어하는 것이지만 그 엄청난 고생이 나중에 세상을 살아갈 때 더 큰 도움이 된다.

젊을 때 많은 풍파와 어려움을 겪고 나면 세상을 어떻게 살아야 하는지, 돈은 어떻게 모아야 하는지, 세상의 본질은 무엇인지에 대해서 깊이 인식하고 확고한 철학을 갖게 된다. 그러면 나이가 든 이후에 큰 어려움이 있더라도 그 어려움을 능히 헤쳐 나갈 수 있다. 이른바 인간과 세상의 본질을 파악하고 모든 어려움을 이겨낼 수 있는 인문학적 토대를 굳건하게 갖추게 되는 것이다.

사마천도 《사기》에서 다음과 같이 말했다.

"옛날 주문왕도 은나라의 감옥에 갇혀 있는 동안 《주역》을 만들었다. 공자는 진나라에서 곤경에 처했을 때 《춘추》를 썼다. 굴원은 초나라에서 추방되자 《이소경》을 지었다. 좌구명은 한 쪽 눈이 실명되고 나서부터 《국어》를 쓰기 시작했다. 손자는 다리가 끊기는 형벌을 받고 나서 《손자병법》을 완성했으며, 여불위는 촉나라로 귀양 갔기 때문에 《여람》을 남길 수 있었다. 한비는 진나라에 붙들렸기 때문에 《세난》, 《고분》을 쓸 수 있었다."

인류최대의 역사적 작품은 한결같이 최악의 고난상황 속에서 나왔다. 최고의 작품은 가장 배부를 때 나오지 않는다. 최악의 역경과 고난 속에서 탄생한다. 이것은 인류가 수천 년 동안 실험을 한 결과이다. 이보다 정확한 통계는 없다.

당신의 자녀는 앞으로 힘든 길을 걸어갈 것이다. 어쩌면 당신보다 더 힘든 시기를 살아가야 할지도 모른다. 그러나 당신의 자녀는 아직도 미래에 대한 올바른 방향이 무엇인지 모르고 있고, 여전히 불안해하고 있다.

이제 그 자녀에게 손을 잡고 제대로 된 길을 알려줄 때이다. 평생 동안 확고한 경쟁력으로 승부할 직업만이 유일한 대안이고, 껍데기 뿐인 대학간판이 아닌 본업本業의 실력을 통해 세계를 놀라게 하는 것만이 유일한 대안이라고 말이다.

자신만의 길을 찾고 새로운 도전을 하는 것은 분명 힘든 일이다. 부모는 그런 자녀에게 따뜻한 조언과 격려로 큰 힘을 실어 주어야 한다. 사랑으로 진솔하게 이야기해야 한다. 부모와 자녀가 힘을 합한다면 분명 또 다른 미래의 길이 열릴 것이다. 자녀를 사랑하는 부모의 힘이란 상상을 초월하기에.

Only One, Number One

한때 우리나라의 10대는 법대와 의대, 교대와 명문대 진학에 미쳐 있었다. 20대는 고시와 공무원, 공기업과 대기업 취업에, 30대와 40대는 부동산 투기에, 50대는 로또복권에 미쳐 있었다.

우리 국민들은 대부분 하나의 목표만 보고 살아왔다. 그러나 그 결과는 어떠한가? 95% 이상이 승자 대열에서 탈락했으며, 상위 5%의 사람들조차도 밝은 미래를 기약할 수 없다.

이제는 성공방정식이 일률적이 않음을 인정하고, 하나의 방면에서 'Number One'이 되는 것은 필요 없다고 말해야 한다.

나는 이 세상에서 오직 단 한 명 뿐이다. 결코 둘일 수 없다. 우리는 태초에 신神에게서 각기 다른 재능을 부여받고 태어났다.

이제는 세상에서 유일무이한 'Only One'이 되어야 한다. 이제는 남들이 가는 길을 아무런 비판의식 없이 따라가서는 안 된다. 오직 자신의 가슴과 머리를 따라가야 한다.

자신의 재능이 무엇인가? 자신이 잘 하는 것이 적어도 한두 가지는 있을 것이다. 그것을 찾아내야 한다. 자신이 하고 싶은 일이 있을 것이다. 또 평소에 갈망했던 일이 있을 것이다. 그것을 찾아내야 한다. 재능과 관심을 바탕으로 일을 찾는 것은 개인적인 경험과 유전적 기질도 중요하게 작용한다. 그 동안 살아오면서 경험한 것들을 체크해 보면서 그 속에서 느끼는 것들을 적고, 그 속에서 자신의 재능과 관심을 파악해 보아야 한다.

부모님의 피를 그대로 물려받았을 테니 부모님의 성격과 기질도 찬찬히 살펴보자. 성공을 하려면 재능도 있어야 하고, 능력도 있어야 하며, 운運도 따라야 한다. 그리고 무엇보다도 그 일을 사랑해야 한다.

흔히들 좋아하는 일을 하면서 성공하기는 어렵다고 말한다. 그러나 나는 그것은 틀린 말이라고 생각한다. 진심으로 좋아하면 다른 사람을 만족시킬 수 있는 수준을 훨씬 뛰어넘을 수 있기 때문이다.

사회에서 요구하는 수준을 넘지 못한다는 것은 진심으로 뜨겁게 좋아하지 않았음을 반증反證하는 것이다.

그 동안 우리는 "좋아하는 일을 하면서 살 수는 없다, 일이라는 것은 힘들어도 참고 해야만 하는 것이다, 먹고 사는 것은 더러운 것이다."라는 것을 진리명제로 받들고 살아왔다. 그러나 앞으로는 그런 마음가짐으로 일을 해서는 곤란하다.

이제는 내가 가장 좋아하는 일을 독보적으로 잘 하는 것이 절대적인 시대가 되었다. 이것만이 경쟁에서 이길 유일한 비책이고, 성공을 넘어 행복에 이를 수 있는 길이기 때문이다.

우리는 평생 노동의 노예로 살기 위해서 태어난 것이 아니다. 평생 즐겁고 행복하게 살기 위해서 예비된 존재이다. 그런 우리들이 평생을 불행하게 산다면 신께서 얼마나 노하시겠는가!

우리는 우리에게 약속된 태초의 축복된 길로 가야 한다. 그 길은 세상의 70억 인구 모두가 각자의 영역에서 제 각기 찬란히 빛나는 다이아몬드로 사는 것을 말한다.

자신만의 길을 창조해야 한다. 그것은 자신이 가장 잘 하고, 가장 좋아하는 일을 하는 것이다. 그것은 자신을 인생의 CEO로 생각하고, 자신의 인생을 책임지며 살아가는 것이다.

특별한 특기 없이 모든 것을 어중간하게 잘 하는 것은 아무런 의미가 없다. 가장 잘 하는 것 하나가 그 사람의 모든 인생을 결정한다. 박지성은 '축구공'을 세계적으로 잘 다루고, 김연아는 '피겨 스케이트'를 세계적으로 잘 탄다. 선동열은 '국보급 투수'이고, 안철수는 '국가대표 백신프로그램'을 만들어 냈다. 이외수는 '국민작가'이고, 김택진은 '게임신화'를 만들어 냈다. 송성문은 '성문기본

영어'를 만들어 냈고, 권동칠은 '트랙스타'를 만들어 냈다. 강신기는 서울역에서 노숙생활을 하다가 '에스보드'로 수백 억을 벌었다.

그들에게는 단 하나의 공통점이 있다. 모두 자신의 본업本業에 미쳐서 단 하나에서 최고가 되었다는 점이다. 단 하나에서 최고가 되면 세계 최고가 될 수 있다. 학벌이 좋다고 그 일을 잘 하고, 학벌이 나쁘다고 그 일을 못 하는 것은 아니다. 그 일을 잘 하는 것은 오직 그 일을 얼마나 뜨겁게 사랑하고 열정적으로 하느냐에 달려 있다.

정주영도, 마쓰시타 고노스케도, 서태지도, 빌 게이츠와 스티브 잡스도, 마커 주커버그도 대학을 졸업하지 않았다. 대학을 나오지 않고도 성공한 사례들은 이들 외에도 많다.

마산상고를 졸업한 이종규는 고졸임에도 부산롯데호텔 사장을 역임했다. 윤생진은 고졸 기능직으로 입사한 뒤 회사에 18,600건의 아이디어를 내고 대통령상 5회, 사장 표창장 52회를 기록하며 금호그룹 전무가 됐다. 현재 그는 선진 D&C대표로 재직 중인데, 그는 고등학교 졸업 35년 만에 학사모를 썼다. 덕수정보산업고를 졸업한 대우자동차판매의 박노진 상무도 고졸로 영업사원으로 입사해 20년 동안 자동차 3,800대를 팔아 임원이 될 수 있었다. 힐튼호텔 총주방장 박효남 상무, BMW그룹코리아 김효준 사장도 추후 대학을 진학하기는 했으나 고졸로 입사하여 인생의 결정적인 승부를 보았다. 삼성전자 김하수 상무는 창원기능대를 중퇴했고, 국민은행 분당정자지점장 정재금도 서울여상을 졸업했으며, 김영모 과자점의 김영모도 대구고를 중퇴했다.

자녀를 남들과 비교하거나 그럴듯한 대학간판에 집착하는 일은 아무런 의미가 없다. 카이스트 학생들의 자살은 심각한 사회문제가 되었고, 대학을 졸업하고 심지어 대학원을 졸업하고도 취업조차 못하는 학생들이 부지기수로 나오고 있다.

현재 입시학원에서 수학강의를 하고 있는 강사들 중에는 서울대, 카이스트, 포항공대 출신들이 많다. 대학에서 학생들은 대부분 전공공부와 취업공부를 분리하여 하고 있으며, 그조차도 방향을 제대로 잡지 못해 대부분의 사람들이 가는 천편일률적인 길로만 가고 있다. 그러나 그것이 대안이 될 수 없는 시대가 되었기 때문에 이제는 목숨을 걸 단 하나를 발견하고 거기에 모든 것을 걸어야만 한다.

국어 · 영어 · 수학 · 과학 · 사회를 다 잘 하겠다는 생각을 버리고 국어 하나를 하더라도 노벨문학상을 받을 정도로 하겠다는 마음가짐, 모든 사람들이 걸어가는 길이 아닌 내가 내 평생을 후회 없이 보낼 수 있는 길을 확고한 주관을 갖고 걸어가겠다는 마음가짐, 다른 잡다한 모든 것을 포기하고 단 하나에 목숨을 걸고 집중하겠다는 마음가짐을 가져야 한다.

이 시대에 맞는 판단과 행동을 하도록 돕는 것이 지금 이 시대에 부모가 해야 할 일이다. 자녀들을 사교육 학원에 보내느라 파출부를 하고, 영어공부를 시키기 위해 기러기 아빠가 되고, 대학 등록금 때문에 은행대출을 받는 것이 최선은 아니다.

제대로 된 부모라면 자녀를 다른 자녀와 비교하는 일은 그만두어야 한다. 중요한 것은 진정으로 자녀가 자신의 길을 갈 수 있는 고민을 치열하게 그 길에 미치는 것이다. 인생은 단 한 번뿐이다. 그리고 그것도 결코 길지 않다.

몇 달 전에 나의 할아버지께서 세상을 떠나셨다. 나는 집안의 장손으로서 그 자리를 지켰다. 나는 내게 늘 멋지셨던 나의 할아버지가 한줌의 재로 돌아가는 것을 목격했다. 그러면서 우리가 인생에서 제대로 쓸 수 있는 시간이 도대체 얼마나 되는지를 생각해 보았다.

실제로 80대 이후가 넘어가면 거의 대부분이 세상을 떠나야 되고, 70대에 떠나는 분들도 많다. 그렇다면 실제로는 '열정적으로' 일할 수 있는 시간은 30대와 40대이며, 50대와 60대는 '완숙하게' 일할 수 있는 시간의 마지막일 것이다. 은퇴는 없다고 생각하고 넓게 잡으면 70~80대까지 잡을 수도 있겠지만, 현실적으로 20~30대처럼 혈기왕성하게 일할 수 있는 시간은 아니다. 따라서 30세를 기준으로 제대로 일할 수 있는 시간은 불과 30년이다. 정말 짧은 시간이다.

우리는 이 짧은 시기를 생산적으로 보내기 위해서 일하는 재미에 흠뻑 빠져 지내야만 한다. 일을 통해 인생을 행복하고 의미있게 만들어야만 한다. 이제 비교를 그만두고 확고한 심지를 가지고 자녀들을 지지해야 한다. 그리고 부모가 자신의 일을 사랑하며 살아야 한다.

나는 그런 말을 들은 적이 있다.

"아버지는 직장에 치여서 하루하루 버겁게 살아가고, 어머니도 직장생활에 살림에 힘들게 살아가고 있는데 자녀교육을 제대로 하고 자녀와 이야기도 제대로 할 시간이 어디 있나요? 대부분의 우리나라 부모들은 자녀교육에 대해 생각할 경제적 시간적 여유도 없고, 자녀교육을 시키는 법을 배우지 않았기 때문에 교육을 시키는 법도 모릅니다."

어쩌면 이게 우리나라 부모의 현실일 수도 있다. 지혜로운 부모라면 세상을 면밀히 관찰할 필요가 있다. 지금의 세상이 어떻게 변하고 있고, 어떻게 대응해야 하는지, 우리가 타고 있는 배가 어떤 바람을 맞아 어디로 가고 있는지를 정확히 볼 필요가 있다. 그리고 그 변화의 바람이 부는 방향을 정확히 읽는다면 남들과의 비교가 아닌 내 안의 진정한 나를 발견하는 것이 가장 중요한 성공열쇠임을 알게 될 것이다.

이제는 강호強豪의 고수高手처럼 혼자서 숲속에 들어가 자기 자신을 발견하고 연마하는 시간이 필요하다. 사람들 속에서 나를 잃어버리고 남들이 가리키는 방향대로만 움직이는 꼭두각시 인형이 아닌, 내 생각과 내 의지로 행동하는 진정한 무림고수가 되어야 하는 것이다.

자녀는 부모의 반영反映이다. 부모가 잘못 교육을 시키면 자녀가 잘못될 확률은 대단히 크다. 그것은 세계의 각종 조사에서도 입증되었다.

1960년대 존스홉킨스대 사회학과 제임스 콜먼 교수는 무려 4천 개 학교에서 62만 5천 명의 학생들을 대상으로 조사한 결과, 학교보다는 가정환경이 성적에 가장 큰 영향을 미치는 요인이라는 결론을 내렸다. 즉 부모의 삶의 태도와 포부, 교육에 대한 열의 등이 자녀에게 절대적이라는 것이다.

앞으로 부모는 자녀 안에 있는 독특함과 유일무이함에 주목해야 한다. 그리고 세계적인 승부를 펼쳐나가도록 해야만 한다. 세계 전체를 평정하는 것도 좋고, 세계 속에서 경쟁이 약한 틈새를 발견하고 기회를 만드는 것도 좋다. 또한 새롭게 싹트는 기회를 포착하고 세계적인 승부를 하는 것도 좋다.

빌 게이츠와 스티브 잡스, 마커 주커버그 등이 그러한 승부에서 시대적인 흐름을 읽고 선점을 했기 때문에 큰 부富를 이룰 수 있었다.

우리나라 사람들은 머리가 좋다. 아이큐가 세계에서 1위이다. 우리나라는 국토는 좁고, 경쟁은 치열하며, 사람들은 대단히 우수하다. 지금 우리나라는 통일신라 때보다 땅이 좁다. 이제는 북쪽으로 눈을 돌려야 한다. 만주벌판을 넘어, 유라시아를 넘어, 서양으로 나가야 한다. 우리는 충분한 경쟁력이 있다.

구멍가게를 운영하나 세계적인 기업을 이끄나 힘든 삶을 살아야 하는 것이 인생이다. 한 번뿐인 인생, 어차피 힘든 인생, 이왕 살 것이라면 뜨겁고 진취적으로 살아야 하지 않겠는가! 보다 더 큰 꿈과 비전을 가지고 살아야 하지 않겠는가! 다른 사람들에게 보다 많은 도움을 주고 저 세상으로 가야 하지 않겠는가!

우리 자녀들은 그 꿈이 있고 그것을 이룰 수 있는 능력이 있다. 본질적인 경쟁력을 가지고 간다면 우리의 자녀들은 지구의 극한에 가서도 생존할 수 있을 것이다. 세계진출은 능력여하에 따라 자랑스럽고 아름다운 말이 될 수도, 잔인한 말이 될 수도 있다.

나는 잡다한 것은 모조리 끊어내는 단호함을 통해 단 하나의 본업本業에 목숨을 걸고 매진한다면 모든 승부에서 승리할 수 있다고 굳게 믿는다.

넘어져도 손 내밀지 않을 수 있는 용기

나는 뜨거운 물을 부으면 3분 만에 완성되는 컵라면과 같은 손쉬운 성공방법을 알지 못한다. 또한 누구나가 따라하면 성공할 수 있는 방법도 알지 못한다. 큰 성공을 이룬 사람들에게 물어보면, 하나같이 똑같이 말을 한다.

"열심히 하는 것 외에는 답이 없다!"

이건희 삼성그룹 회장도 말하곤 한다.

"지금은 위기다. 열심히 하는 것 외에는 없다."

그것이 진정한 정답이다. 항상 긴장감을 가지고 쉼 없이 전진하는 사람만이 성공을 할 수 있다.

손쉬운 성공법이란 존재하지 않는다. 또한 세상살이가 그리 만만하지도 않다. 전혀 생각하지도 못한 돌발변수가 많이 생기는 게 인생이다. 흥망興亡이 반복되는 것이 인생이다.

우리는 모두가 광활한 들판에 홀로선 것이나 다름없다. 보다 더 정확하게 표현하면 '우주 한복판에 외로운 먼지'로 존재하는 것이나 다름이 없다.

우리는 지금 지구, 그 중에서도 대한민국에 살고 있지만 크게 보면 우주에 살고 있다. 우주는 엄청 넓다. 그 속에서 지구는 티끌만 하고, 우리는 지구보다도 훨씬 더 작다. 또한 우주적 관점에서 볼 때 개의 수명 15년이나 인간의 수명 80년이나 큰 차이가 없다. 우주에 있는 행성 간의 거리를 생각해 보자. 수십억 광년이나 걸린다. 결국 잠시 바람처럼 잠시 왔다가는 것이 인간의 삶이다. 우리의 인생은 찰나刹那와 같다.

지금은 세계 대공황에 근접할 정도로 극심한 불황기이다. 전 세계적으로 실업이 넘쳐나고 있고, 곳곳에서 청년들의 극렬한 시위와 몸부림이 일어나고 있다. 경제적인 어려움이 리비아의 수장 카다피를 죽음으로 몰고 갔고, 미국과 유럽의 경제적 어려움이 월가 시위를 몰고 왔다. 앞으로는 이런 모습들이 자본주의의 모순과 결합되어 더욱 더 증폭될 것이다.

1930년대 세계 대공황 때에는 뉴딜정책이 아닌 세계 2차 대전으로 제조업의 생산과잉과 소비부진을 해소함으로써 디플레이션을 극복했지만, 지금은 전쟁을 통해 경제난을 극복할 수 없다. 필연적으로 엄청난 죽음을 부르기 때문이다. 그렇다면 결국 스스로가 각개격파各個擊破 방식으로 극복해야 한다. 때문에 앞으로는 세상을 살아가는 것이 매우 고단하고 힘들 수밖에 없다.

지금은 확실한 정답이 없는 시대이다. 따라서 질문을 던지는 자세가 필요하다. 정답이 없으므로 역으로 질문을 던져 각자에게 맞는 정답을 찾아내는 것이 매우 중요해졌기 때문이다.

지금 이 시대는 그 무엇도 안정적이지 않다. 때문에 끊임없이 노력하고 도전하고 부딪쳐 보아야 한다. 실패하더라도 가능성을 계속 만들어 나가는 도전을 해야만 미래를 희망으로 만들 수 있다.

힘들다고, 암담하다고 집에만 틀어박혀 있으면 그 무엇도 열어나 갈 수 없다. 때문에 무엇을 하든 정말로 뜨겁게 해서 일을 추진하는 것이 필요하다. 비록 실패를 하더라도.

빌 게이츠는 커다란 도전을 계속해야 한다고 말했다. 그 중 하나만 성공해도 그 대가는 막대하다고. 우리는 지금 도전하는 것 이외에는 방법이 없다. 실패를 하더라도 일단 부딪쳐 보는 수밖에 없다.

대학을 졸업하고 대기업에 들어가면 일반적으로 연봉을 3천만 원 정도를 받는다. 성과급을 포함하면 5천만 원까지 받기도 한다. 그러나 그런 사람은 10~20%에 불과하고 80%이상은 중소기업에서 일하게 된다. 그들은 2천만 원 정도의 연봉을 받는다. 자꾸만 높아지는 생활비를 생각한다면 저축금액은 턱없이 낮아진다.

평균 수명이 늘어나고 있기 때문에 앞으로의 삶이 여유로워질 거라는 생각은 사실상 하기 어렵다. 결국 도전을 하는 것 외에는 길이 없다. 회사에 있든 밖에 있든 끊임없이 새로운 도전을 해야 한다. 자신의 삶을 근본적으로 뒤바꿀 수 있는 도전을.

지금 유럽도 청년들이 시위를 하고 있고, 미국도 굉장히 어려우며, 일본도 희망을 잃은 지 오래다. 우리나라도 청년들도 『아프니까 청춘이다』에 열광하고 있고, 『생각 버리기 연습』과 같은 책을 보고 있다. 그러나 이럴 때일수록 힘을 내야 한다.

미래를 제대로 만들어가겠다는 당찬 다짐이 절대적으로 필요하다. 부모들은 자녀들이 강한 마음을 가질 수 있도록 도와주어야 한다. 끊임없이 도전해야 한다고 가르쳐야 한다. 실패하더라도 도전을 멈추면 안 된다고 말해야 한다. 도전하지 않으면 제대로 된 삶을 만들어나갈 수 없는 시대가 되었기에.

실패는 노력하고 있다는 훌륭한 징표이다. 실패가 없다는 건 아무런 도전도 하지 않았다는 뜻이다. 위대한 성공을 거둔 위인들 중 실패하지 않았던 사람이 단 한 사람이라도 있던가? 자녀가 실패하면 성공으로 나아가고 있다고 믿어야 한다. 끊임없이 도전하고 성취하는 것, 실패하고 다시 일어서는 것이 자녀들의 새로운 이데올로기가 되어야 한다.

미래는 꿈꾸고 성취하는 자의 것이다. 미래는 행동하는 자의 것이다. 삶을 근본적으로 뒤바꿀 모험과 도전을 계속해 나가야 하며, 이 속에서 반드시 승리를 거두어야만 한다.

지금 자녀에게 가장 필요한 것은 도전을 두려워하지 않고 끊임없이 앞으로 나아가는 피 끓는 심장이다.

둥지에서 떠나보내야 할 때

자녀에게 가르치는 것 못지않게 중요한 것이 스스로 깨닫게 하는 것이다. 깨달음을 가지기 위해서는 많은 것을 보고, 듣고, 경험해야 한다.

여행은 깨달음을 얻기 위한 좋은 방법 중 하나이다. 여행은 독서만큼이나 좋다. 많은 것을 직접 보고 경험해 보는 것만큼 좋은 가르침은 없다. 그 속에서 많은 것을 보고 배울 수 있을 것이고, 때로는 새로운 기회를 발견할 수 있을 것이다.

여행은 세상의 진실이 무엇인지, 인생이 무엇인지, 자신은 누구인지, 어떻게 사는 것인 바람직한지를 성찰하게 함으로써 인생을 설계하고 굳건한 철학을 가지게 하는 데 큰 도움을 준다.

앞서 말했듯이 경제적 여건이 허락된다면 해외여행을 많이 해 보는 것도 권하고 싶다. 실제로 눈앞에서 보면 사진으로 보는 것, 영상으로 보는 것과는 그 충격과 느낌이 훨씬 다르다.

여행만큼이나 좋은 것이 또 하나 있는데 그것은 돈을 버는 일이다. 돈을 버는 일은 최고의 학습이다. 냉동 창고에 생선을 넣는 일과 같은 단순작업도 묘미가 꽤 크다. 그 일을 하면 생선 한 마리를 먹는 일이 얼마나 힘들고 어려운지 깨달을 수 있다. 돈 버는 일을 하면 모든 것에 감사하는 마음을 가지게 된다. 땀 흘리며 번 돈은 쉽게 쓸 수가 없다. 그렇게 근검절약을 자연스럽게 배우는 것이다.

인생의 방향을 정했다면 실무지식, 본업에 관련된 직접적인 지식을 쌓아야 한다. 이 지식이 없으면 앞으로 살아가면서 많은 어려움을 겪게 된다.

이렇듯 자녀에게 교과서나 학교에서 가르치는 단순한 지식이 아닌 제대로 된 가르침을 선물해야 한다. 인생을 관통할 수 있는 진짜 지식과 지혜를! 새로운 시대에 맞는 새로운 사랑의 실천을 해야 한다. 그것이 지혜롭게 자녀를 사랑하는 방법이다.

도전, 도전, 도전!

인생에 늦은 때란 없다. 우리가 살아 있는 한 도전은 끝없이 이어져야 한다. 이 시대가 희망이 없다고 하지만 이런 때일수록 실력이 있으면 확실하게 앞서나갈 수 있다.

경영의 신神 마쓰시타 고노스케는 '불황일수록 더 좋다'고 했다. 제대로 하는 기업과 그렇지 않은 기업 간의 격차가 확 벌어지기 때문이다. 어려운 상황일수록 열심히 하면 엄청난 격차를 낼 수 있다. 많은 사람들이 움츠리고 있을 때 한 걸음 앞으로 나아간다면 격차가 벌어지지 않을 수 없기에.

그러나 많은 20대들은 지레 겁을 먹고 꿈을 포기하고 있다. 그들은 불안해하고 두려워만 할 뿐 도전하려고 하지 않는다. 작은 꿈을 가지고 소박하게 살기를 원한다. 바야흐로 '스몰 해피니스 Small happiness 전성시대'이다. 시대의 위기를 정면 돌파하려는 에너지가 차고 넘치는 시대가 아닌, 힘들기 때문에 그저 그렇게 살거나 혹은 위안 받으며 살거나 혹은 작고 소박한 행복을 지향하고 있는 것이다.

그러나 그런 자세로는 그 무엇도 이룰 수가 없다. 본질적으로 인생은 그런 평탄함을 허락하지 않는다.

진나라의 학자이자 죽림칠현 중 한 사람인 산도山濤는 "외부에 아무런 걱정도 없는 평화로운 시기가 계속되면 내부에 반드시 근심이 생긴다. 적국이나 외환外患이 없으면 도리어 나라가 망한다."라고 말했다. 인생은 항상 거칠고, 힘들며, 때로는 두려운 것이다.

언제나 거친 항해를 할 수 있는 터프가이가 되어야 한다. 결단을 내리면서 전진할 수 있는 전쟁터의 장군이 되어야 한다. 때로는 행운과 요행이 찾아오기도 하지만 실력이 없다면 그것도 오래가지는 않는다. 결국 성공을 위해서는 운運을 배제한 채 자신의 실력만으로 모든 것을 이루겠다는 다부진 결심이 필요하다.

본질적인 경쟁력이 무엇보다 중요해진 시대가 되었다. 모든 것을 두루두루 어설프게 잘 하는 것이 아닌, 하나를 특별히 잘 해야만 경쟁우위를 점할 수 있는 것이다.

모든 것을 어중간하게 잘 한다는 것은 잘 하는 것이 하나도 없다는 말이다. 그래서는 앞으로의 험난한 시대를 살아갈 수 없다. 각 분야의 최고인재들과 각축전角逐戰을 벌여야 하는 것이 우리 자녀들의 미래이기 때문이다. 따라서 단 하나의 분야에서 탁월한 능력을 입증하는 것이 무엇보다 중요하다.

태양의 빛을 한 곳에 모은 돋보기가 뜨거운 불을 피우듯 모든 에너지를 단 한 곳에 집중을 해야만 폭발적인 에너지를 만들 수 있다.

지금은 모든 과목을 잘 하는 사람이 인정받는 시대가 아니다. 그것은 세계 50위밖에 하지 않는 서울대에서나 요구하는 것이다. 단 한 과목을 세계 최고로 잘 하는 사람이 세계적인 인재가 되고 지도자가 되는 시대이다. 그렇기 때문에 스스로 어디에 전념할 것인지를 잘 생각해 보아야 한다. 필요하다면 몇 년 정도 깊이 고민하는 것도 좋다.

자신의 일을 정할 때는 치열해야 한다. 미래에 대해 아무런 고민없이 그저 하루하루 쳇바퀴 돌아가듯 정신없이 사는 것은 그만 두어야 한다. 꿈을 꾸고 철저한 계획을 통해 치열하게 단 한번뿐인 인생을 살아야 한다.

인간인 이상 실수를 할 수도 있다. 그러나 괜찮다. 열심히 노력한 것은 결국 어딘가에는 흔적을 남기게 마련이다. 하다못해 열심히 노력하는 태도가 습관이 되어 나중에 다른 일을 할 때 큰 힘이 될 수도 있다. 중요한 것은 미쳐야 한다는 것이다. 선택을 했으면 미쳐야 한다. 적어도 '세계제일'이 되겠다는 마음가짐을 잃어버려서는 안 된다. 많은 젊은이들이 성공은 자신과 너무 먼 것으로 여긴다. 직장에 들어가도 승진이 쉽지 않고, 창업을 하더라도 성공하기가 쉽지 않기 때문이다.

어떤 분야든 1인자가 되기란 절대 쉽지 않다. 때문에 지금 하고 있는 일이 힘들더라도 절대 포기해서는 안 된다. 여기서 쉽게 포기하면 다른 곳에 가서도 또 포기하게 된다. 그곳에서도 여기와 비슷하게 힘들기 때문이다.

힘이 든다는 것은 그만큼 열심히 하고 있다는 뜻이다. 나아가 1인자가 되기 위한 임계량을 채우고 있다는 뜻이다.

아침이 되기 전이 가장 어둡다. 죽을듯한 노력을 하여 꿀맛 같은 영광을 맞이하기 전이 가장 힘들고 괴로운 법이다. 어떤 어려움이 있더라도 절대로 포기하지 않고 끝까지 전진하는 자세가 필요하다.

부모들은 자녀에게 인생의 늦은 때란 없다는 것을 가르쳐야 한다. 도전은 평생 쉼 없이 하는 것이라는 것을.

제2장

대한민국, 대학민국

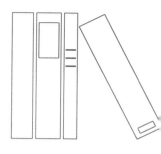

대학이란 어떤 곳인가?

대학은 도대체 무엇을 하는 곳일까? 각자의 정의가 다르겠지만 나는 대학은 앞으로 세상을 살아나갈 수 있는 생존기술을 배우는 곳이라고 생각한다. 대학은 이상理想을 말하지만 이상은 현실現實이 충족된 뒤에야 필 수 있는 꽃이다.

대학은 살아나갈 수 있는 기술 즉, 직업교육에 대한 전적인 책임을 져야 한다. 현재 대학은 종합적인 인문교양인을 기르는 곳이지만, 그것은 어디까지 전체의 대학역사로 볼 때에는 일부에 지나지 않는다.

대학의 역사를 짧게나마 살펴보면 이렇다. 유럽 최초의 대학은 이탈리아의 볼로냐대학(1088년 개교)과 파리대학(1215년 개교)인데 볼로냐대학은 법학부 중심이었고, 파리대학은 신학부 중심이었다. 특히 중세시대에는 모든 학문이 신학의 하녀라고 일컬어질 정도로 신학의 위세가 절대적이었다. 신학부는 파리대학과 옥스퍼드대를 포함해 알프스 이북에 있는 수많은 유럽대학의 중심학부였다.

당시 모든 대학에서 신학부 출신 졸업자가 많지 않았기 때문에 그들은 졸업 후 쉽게 취업을 할 수 있었다. 당시 성직聖職은 급여가 높은 직종이었다. 신학부를 졸업한 학생들은 성직자뿐만 아니라 국왕이나 유력귀족의 관리, 법률가, 의사, 건축가, 외교관, 고문, 비서로서 거의 모든 전문직으로 진출할 수 있었다. 따라서 당시 신학부에 다닌다는 것은 미래가 보장되어 있다는 말과 다르지 않았다.

근대에 미국 최초의 대학인 하버드대가 세워졌다. 당시의 창학 목적은 '똑똑한 성직자'를 양성하는 것이었다. 하버드대는 세계적인 대학으로 발돋움을 하게 되는데 그것은 베를린 대학으로 대표되는 독일대학의 연구방식을 도입하면서부터였다. 하버드대는 커클랜드John Thornton Kirkland 총장시대(1810~1828년)에 '유니버시티'로 발전하게 되고, 1847년에는 법학전문대학원과 과학전문대학원을 신설하여 학문과 과학연구를 위한 '연구종합대학'으로 나아가게 된다.

미국이 산업화에 크게 성공하게 되자 산업계에서는 대학에 많은 요구를 했다. 그 중 하나가 산업계에서 쓸 수 있는 전문성이 있는 인재를 육성하라는 것이었다. 하버드대는 시대의 요구에 발맞추어 많은 대학원을 만들었다. 그리고 그것이 대학 졸업생의 진로를 혁명적으로 바꾸어 놓았다.

1801~1857년 동안 졸업생의 31%가 법률가가 되었고, 목사는 15%에 불과했다. 그러나 하버드대는 100년 전에는 졸업생의 45%가 목사가 되었고, 법률가는 단 5%에 불과했다. 그것은 시대의 요구에 따라 대학의 행동이 근본적으로 달라졌다는 것을 말한다. 그리고 그것은 중세의 대학에서 '대학생=직업보장'을 의미하는 것을 살려나가는 것이었다.

전문성 있는 인재의 양성은 이제 대학의 핵심 트렌드가 되었다.

1810년에 설립된 베를린대학, 1836년에 설립된 런던대학, 1789년 프랑스대혁명 이후에 설립된 프랑스의 그랑제꼴은 성직자 양성이 아닌 전문가를 양성하는 것에 초점을 맞추었다. 그리고 이들 대학의 출신들은 재계와 관료사회의 고위직을 독점하였다. 그러면서도 독일의 베를린대학은 직업교육보다는 모든 계층과 계급의 재능있는 사람들을 위한 보편적인 인간교양을 강조하였는데, 이것은 2차대전이전까지 미국, 일본 대학의 지도이념이 되었다.

중세대학의 지상과제는 직업적인 성직자 양성이 그 목적이었으나, 옥스퍼드대와 캠브리지대는 교양인의 배출을 목적으로 삼았다. 베를린대학은 학문연구의 장場을 그 목적으로 삼았다. '교양의 추구와 학문에 대한 탐구'는 지나친 '빵에 대한 학문'에 대한 혐오감이었다. 그러나 '인간미와 철학적인 사고'에 대한 지나친 강조는 대학을 시대의 요구에 동떨어진 '비현실적인 학자들의 나라'로 만들었다. 하지만 이때에는 대학이 현실에 동떨어진 학문의 전당이었으나 큰 문제가 발생되지는 않았다. 대학은 일부 엘리트 계층만이 진학했기 때문에 대학졸업장은 곧 신분의 징표였고, 그 결과 졸업생들의 취업에는 아무런 문제가 없었다.

20세기가 지나서는 적령 인구대비 15% 이상이 진학하는 대중대학시대가 열렸다. 특히 우리나라의 경우 80~90%정도 대학에 진학을 하고 있다. 따라서 과거의 대학생이 엘리트층이었다면 이제는 대중학생에 불과하다. 시대가 변한 것이다.

그러나 대학은 여전히 '학문과 연구의 장場'이라는 과거의 기준만

붙들고 있다. 그리고 산업계는 대학에 즉시 투입 가능한 인재, 시대에 적합한 인재를 요구하고 있지만 그것은 단순한 외침에 불과하다.

이제는 대학생의 일자리를 교회에 맡기는 시대가 아닌 산업계에 맡기는 시대가 되었다. 대학생은 엘리트계층이 아닌 대중학생이 된 것이다. 시대의 구성체 원리와 대학과 사회의 수요공급 원리가 근본적으로 달라졌다. 그렇다면 대학에 대한 정의와 대학의 대응 방법도 달라져야 하는 것이 아닐까?

한편 프랑스에서는 1966년 대학졸업생의 취업률이 10%였다. 당시 대학생들은 '대학을 뒤집어 놓아야 한다'는 과격한 발언들을 하고 과격한 시위를 하였다. 그것은 시대가 변했고 대학이 빠른 속도로 변하고 있지 못함을 보여 주는 예이다.

지금은 외국뿐 아니라 우리나라도 청년실업이 상당히 심각해지고 있다. 때문에 청년들의 반발은 심해질 것이고, 이에 따라 대학에 대한 정의는 필연적으로 변화하게 될 것이다.

대학은 다시 '대학생=직업보장'이라는 근본취지를 살려나갈 수밖에 없을 것이다.

지금 항간에는 대학을 주식회사에 비유하며 산업자본 논리에 따라 움직이는 것으로 매도한다. 그렇다면 우리는 무엇을 먹고 산단 말인가? 도대체 주식회사라고 비꼰다면 교수들의 월급은 누가 줄 수 있는 것인가? 교수들은 많은 급여를 받고 듣기 좋은 소리나 하면 되는 것이고, 학생들은 취업도 못 하고 10년 동안이나 학자금 빚에 허덕이는 것이 바람직한 것일까?

대학이 빵을 위한 학문으로 다시 돌아가야 한다는 것을 비난한다면 학생들에게 확실하게 빵을 주고 나서 이야기를 해야 한다.

이상적인 이야기는 배가 부른 상태에서 들어야 듣기가 좋지, 배가 고픈데 그런 소리를 하면 오히려 화만 나기 마련이다.

교양교육이 강조되는 것은 밥을 충분히 먹을 수 있는 상황에서만 허락될 수 있는 것이었다. 과거 우리 선비들이 풍류를 논하는 것은 기본적인 의식주를 해결할 수 있었기 때문에 가능한 것이었다. 지금 당장 밥을 먹지 못하면 그 다음의 이야기는 이루어질 수 없다.

대학생들은 대부분 취업을 최우선적으로 생각한다. 이런 상황에서 대학이 미래에 대한 확실한 비전을 제시하지 못하고 객관적인 준비를 도와주지 못한다면 대학은 사실상 의미가 없다. 지금은 교양이나 쌓기 위해, 학문탐구나 하기 위해 4년의 시간과 엄청난 돈을 쓸 여력이 없는 불황의 시대이기 때문이다.

학벌에 목숨 걸다

한국인이 학벌에 목을 매는 이유는 명문학벌을 따지 못하면 성공하지 못한다는 고정관념에 사로잡혀 있기 때문이다. 직장인들의 대부분은 자신이 승진을 못 하는 이유를 학벌 때문이라고 말하고 있고, 고등학생의 대부분도 학벌이 없으면 성공하지 못한다는 생각을 갖고 있다. 대한민국의 국민이 학벌을 신神처럼 떠받들고 있다. 과연 학벌이 성공의 절대적인 조건일까?

학벌이 변변치 않아도 성공한 사람들은 분명히 있다. 반면 명문 학벌을 갖고 있어도 실패한 사람들도 있다. 물론 과거에는 학벌이 좋으면 성공하는 데 훨씬 수월했던 것은 부인할 수 없다.

하지만 지금은 그 구조가 급속히 깨지고 있다. 즉, 실력을 중심으로 사회구조가 빠른 속도로 재편되고 있는 것이다.

그럼에도 불구하고 많은 사람들이 그 변화속도를 체감하지 못하고 있다. 자신이 직접 경험해 보지 못했기 때문이다. 사람은 자신이 직접 보고 듣고 경험한 것만 믿으려는 경향이 강하다.

동양권 특히 동아시아의 한국, 일본, 중국과 같은 곳은 전통적으로 학벌의 입김이 강하게 작용하는 곳이다. 학문을 중시하는 유교적인 전통이 강하기 때문이다.

하지만 세상이 달라지고 있다. 단순한 겉포장이 아닌 진짜 실력이 중심이 되고 있는 것이다.

회사에서 근무를 하더라도 자신의 실력을 객관적으로 입증만 한다면 학벌이 조금 떨어지더라도 아니면 아예 없더라도 충분히 최고 위층이 될 수 있다. 삼성전자도 2011년 12월 13일 고졸출신 6명을 임원으로 승진시켰다.

현재 대학진학비율은 약 80%에 육박한다. 앞으로 이 비율이 줄어들면 고졸자 중에서 임원이 되는 비율은 더 크게 증가할 것이다. 그리고 벤처기업을 설립하여 경영하는 것도 학벌이 필요하지 않다.

스티브 잡스가 대학을 졸업했기 때문에 세계적인 기업을 창업할 수 있었던 게 아니다. 물론 의사나 교사, 변호사처럼 특정 대학에 진학을 해야만 자격이 주어지는 경우도 있다. 그러나 전체직종 중 약 10% 정도에 불과한 이런 직종을 제외하고는 대부분 대학진학 자체가 오히려 경쟁력 강화에 걸림돌이 되는 경우도 적지 않다.

학생들은 전공과 취업을 위한 공부를 따로 하고 있고, 대학에서도 제대로 된 지식을 전달하지 않고 있으며, 세상에서도 대학에서 배운 지식을 인정하지 않고 있다. 오히려 대학이 본업에 집중할 시간과 돈을 낭비하는 결과를 낳고 있다. 차라리 그 시간과 돈을 가지고 단 하나에 미친다면 훨씬 더 경쟁력이 있을 것이다.

서서히 겉만 번지르르한 것이 아닌 진짜 속이 꽉 찬 실력을 중시하는 사회로 변하고 있다. 그런데도 많은 사람들은 아직까지도 학벌신화에 사로잡혀 있다. 분명히 말하건대 학벌신화는 없다. 앞으로는 분명히 그렇게 될 것이다.

대학에 진학하지 않았거나 지방대를 졸업했더라도 전혀 주눅들 필요가 없다. 국어·영어·수학을 조금 잘 한 것이 그렇게 대단한 것은 아니기 때문이다. 이제는 실력으로 자신을 증명해야 한다. 자신감을 가지고 세상과의 승부를 벌여야 한다.

거추장스러운 계급장은 떼어 놓고 진짜 싸움을 벌이는 흥미진진한 세상이 왔다! 자신의 일에서 실력을 증명하고 그 분야에서 최고가 되면 학벌과 관계없이 새로운 길을 열 수 있다. 길은 그렇게 자신의 손으로 쭉쭉 써나가며 만들어가는 것이다. 특히나 요즘과 같은 불황기에는 겉만 번지르르한 것만 가지고는 절대 제대로 된 승부를 할 수 없다. 진짜 실력만이 끊임없는 안정을 만들어 내는 유일한 비책秘策이 되고 있다.

괜찮은 학벌을 따는 사람은 대략 5% 정도에 불과하다. 그렇다면 나머지는 무엇이란 말인가? 그렇다고 상위 5%에게는 미래의 희망이 있는가? 95%의 인간을 버리는 교육, 상위 5%에게도 어떠한 미래를 기약할 수 없는 교육은 이제 버려야 한다.

이제는 대학진학을 조금 냉정하게 생각해 보아야 할 때가 되었다. 그 동안 대학에 대한 환상, 대학에 대한 기대는 우리에게 엄청난 실망과 좌절을 안겨 주었다.

대학과 학벌에 대한 환상은 과감히 버려야 한다. 그리고 오직 실력을 찾아서 길을 떠나야 한다. 현실에서 살아 숨 쉬는 지식, 우리에게 꿈과 희망을 선물할 수 있는 지식을 도구적인 관점으로 활용하여 최고의 삶을 사는 것을 이상향理想鄕으로 삼아야 한다. 앞으로는 실력이 사회의 중심이 되는 시대가 될 것이다. 그것도 10년 이내에.

지금도 우리나라에서는 대학을 나오지 못하면 체면이 깎인다고 생각한다. 누가 뭐라고 하는 것도 아닌데 주눅이 들어 있다.

우리나라는 중형차가 많고 소형차는 적다. 명품 소비도 많다. 남들에게 보이는 현시적인 면을 강조하고 또 남들에게 인정받고 뽐낼 수 있어야만 체면이 선다고 생각하기 때문이다. 외모에 대해 지나치게 관심을 가지는 것도 같은 맥락이다.

그러나 21세기에도 이러한 문화가 바람직하다고 할 수 있을까?

대학을 나오지 않으면 체면이 서지 않으니 일단 간판이라도 따자고 대학에 가는 게 옳은 것일까? 과연 이런 마인드로 이 불황의 시대를 제대로 헤쳐갈 수 있는지 심히 걱정스러울 따름이다.

정규학교는 간판용, 진짜 공부는 학교 밖에서

우리나라의 대학과 대학생의 진짜 문제는 정규대학은 그저 간판용이고 진짜 공부는 학교 밖에서 한다는 데 있다. 실질적인 지식섭렵, 각종 시험 준비, 다양한 경험체득도 모두 학교 밖에서 이루어진다. 학교 안에서는 그저 형식적인 수업이 진행되고 있을 뿐이다. 단순히 학점을 따기 위한 출석체크와 형식적인 강의, 암기 위주의 시험만이 이루어지고 있다.

대학생들도 이런 현실을 너무나 잘 알고 있다. 그러나 간판을 따지 않으면 취업이 불리하거나 살아가는 데 여러 문제가 생길 수 있다고 생각하기 때문에 꾸역꾸역 다니고 있다. 돈과 시간이 이중으로 낭비되고 있는 것이다.

한 국가의 수준은 각 개별 국민들의 실력의 합으로 결정된다. 우리나라의 대학생들은 형식적인 공부를 하고 있고, 가정은 무의미하게 돈을 낭비하고 있다. 실로 가정의 미래가 어둡다. 가정의 미래가 어두우면 국가의 미래도 없다.

이 문제에 당장 메스를 대야 하는 이유는 국가의 100년 대계와 연결된 매우 중대한 문제이기 때문이다.

자신의 확실한 실력과 객관적인 대안으로 자신뿐 아니라 우리나라를 강력하게 만드는 것이 21세기형 애국이고, 지금 우리가 걸어가야 할 길이다. 그런 면에서 대학은 생각을 바꾸고 우리나라의 미래를 책임질 인재를 제대로 길러내도록 온힘을 다해야 한다.

지금 우리의 대학은 그저 단순한 간판용에 머물고 있다. 학생들도 이것을 잘 알고 있기 때문에 혼자서 따로 공부하고 있다. 도서관에서 자기만의 공부를 하고 있고, 사설학원에서 취업을 위한 각종 강의를 듣고 있는 것이다.

대학교육이 왜 이렇게 의미를 잃어버린 것일까? 그것은 시대가 빠른 속도로 변하고 있고 시장에서의 요구도 빠른 속도로 변하고 있기 때문이다. 지식의 변화격차도 매우 빠르게 커지고 있다. 특히나 이론과 실무의 격차가 크기 때문에 더 그렇다.

과거에는 이런 교육 시스템에도 불구하고 대학생들이 귀했다. 기업에서 많은 인력을 필요로 했기 때문이다. 미국의 제조업 몰락 이후 일본과 독일의 성장, 그리고 그 성장패턴을 이어받은 NIES(아시아의 네 마리 용) 중 한 국가가 우리나라였다. 그러나 지금은 중국의 부상과 세계적인 불황으로 인해 더 이상 그런 고도성장이 불가능해졌다. 이제는 인력을 충원하기보다는 있는 인력을 보유하거나 내보내고 기존설비의 가동률을 높이는 방식으로 기업들이 움직이고 있다. 때문에 산업계에서의 인력수요가 크게 낮아지고 있다.

대학생들은 이런 일련의 상황들을 이겨내기 위해 스펙을 강화하고 있다. 그러나 단순히 자격조건에 집중하고 있고, 진짜 공부는 등한시하고 있다. 기업에서는 어차피 입사 후에 모든 것을 다시 가르쳐야 하기 때문에 조금이라도 많은 경험을 가진 학생을 채용하지만, 사실상 일을 하는 데 있어서 큰 의미는 지니지 못한다.

실정이 이렇다면 대학을 뛰쳐나와서 진짜 공부를 하는 것은 어떨까? 진짜 실력만으로 승부하는 세상이 된 지금 대학간판을 과감히 포기하고 진짜 실력으로 세상을 평정하는 것은 어떨까?

결단은 스스로의 몫이다. 그리고 책임도 스스로의 몫이다. 지금 대학에서 배우는 것이 없다면, 그래서 엄청난 회의가 든다면, 이런 대학에 엄청난 학자금을 부담하기 위해 허리가 휘고 있다면, 졸업 이후의 내 삶이 명확히 보이지 않는다면 과감하게 결단을 내려야 한다.

그래도 정 다니고 싶다면 다른 방향으로 공부를 해야 한다. 즉, 업業의 본질적인 경쟁력을 강화시키는 공부를 해나가야 한다. 꿈을 이루기 위해 집중적인 학습을 해야 한다. 만약 미래를 생각하지도 않고 단지 성적에 맞춰 진학을 했다면 대학을 그만두어야 한다. 그리고 자신의 미래의 업業을 생각하여 그 분야를 중심으로 집중적인 학습을 해야 한다.

지금의 대학은 먹고 사는 문제를 해결해 주는 것이 아니라 그저 교양을 쌓거나 사람을 사귀는 정도의 공간으로 이해를 해야 할 것이다.

대학이 미래를 책임져 주는 시대가 끝났고, 실질적인 지식을 가르쳐 주는 시대도 아니다. 슬프지만 우리의 현실은 이렇다. 바야흐로 대학무용大學無用의 시대가 시작된 것이다.

반값 등록금이 뭐기에

반값 등록금 논쟁에 많은 말들과 외침이 오가고 있지만 정작 중요한 사실들을 놓치고 있다.

우선 반값 등록금 논쟁이 발생한 이유부터 생각해 보자. 예전부터 비쌌던 등록금을 가지고 왜 이제 와서 큰 소란을 벌이는지. 그 이유는 대학을 졸업하고도 일자리를 잡기 어렵고, 등록금 빚을 갚기도 현실적으로 어렵기 때문이다.

이 문제의 초점이 대학 등록금을 반으로 낮추는 것에 집중되어서는 안 된다. 왜 대학을 졸업하고도 취업을 하지 못하느냐, 왜 대학에서는 실질적인 지식을 가르치지 않느냐, 왜 대학에서는 시대와 동떨어져 학문과 교양만을 가르치고 있느냐는 것이 반값 등록금 논쟁의 핵심이 되어야 한다.

만약 등록금만 반값이 되고 대학 시스템이 지금처럼 유지된다면 그것은 국가적 재앙이다. 문제투성이 대학에 국민의 피 같은 세금을 쏟아부어야 하기 때문이다.

반값 등록금은 반드시 실현되어야 한다. 그러나 먼저 대학에서 제대로 된 지식을 전달해야 한다. 즉 학생들이 어떤 상황에서도 살아갈 수 있는 생존기술을 배양해 주는 것이 전제되어야 한다. 그렇지 않고 백수부대원들이나 양성하는 대학에 천문학적인 세금을 쏟아붓는다면 우리나라의 미래는 크게 어두워질 수밖에 없다.

지금 많은 사람들이 단순히 등록금을 낮추자는 말만 하지, 왜 등록금을 낮춰야 하는지, 왜 등록금을 갚을 수 없는 본질적인 사태가 발생했는지, 그렇다면 실제로 어떤 식으로 대학이 변화되는 것이 진짜 학생들을 돕는 것인지는 외면하고 있다. 대학이 변화되고, 그로 인해 대학생들이 사회에 나와 당당하게 생활하는 것을 진지하게 생각해야 한다. 그 다음 대학 등록금에 대한 논의를 하는 것이 제대로 된 순서이다.

등록금이 반값이 되어도 우리 부모는 세금을 부담해야 한다. 반값 등록금이 되어도 학생은 아르바이트를 계속해야 한다. 그런데도 현실은 달라지지 않는다. 대학에서 배우는 것은 없고, 졸업을 해도 미래는 전혀 보장되지 않는다. 이런 상황에서 반값 등록금이 현실화되어도 대학생에게 도움이 되지 않는다. 2억 6천만 원짜리 졸업장은 받을 수 있겠지만 어디 그것으로 살아갈 수 있는 세상이던가!

반값 등록금을 실현하기 전에 대학이 먼저 변해야 한다. 실전에서 바로 써먹을 수 있는 강의를 해야 한다는 국가적 공론화가 이루어져야 한다. 대학에서는 기업의 요구를 충실히 반영하고 제대로 된 지식을 학생들에게 가르쳐야 한다. 대학을 졸업한 학생들은 반드시 취업이나 창업을 할 수 있어야 한다.

대학 개혁을 위해서 다양한 방법을 고민해 보아야 한다. 학생들이 직업 전문가로서 최고의 경쟁력을 가질 수 있도록 현실적인 고민과 실천을 해야 한다.

현실에 적용되지 않는 지식은 의미가 없다. 현실에서의 생활을 크게 변화시킬 수 있는 지식만을 공부해야 한다. 세금으로 등록금의 절반을 부담하더라도 그 투자가 효과를 거둘 수 있어야 한다. 그러기 위해서는 대학도 제대로 변해야 하고, 반값 등록금의 논쟁도 보다 실효성 있게 탄탄하게 진행되어야 한다.

스펙 열풍에 피를 말리다

조선왕조가 문을 닫은 이후 신분제가 철폐되면서 교육이 신분을 결정짓는 핵심요소가 되었다. 그래서 우리의 부모들은 논 팔고 소 팔아서 자식교육을 시켰고, 대학을 졸업한 자식은 대부분 성공을 할 수 있었다.

박정희 대통령 시절에는 대학을 졸업한 사람들 중 상당수가 국가 최고의 인재로 활용되었다. 당시 경제는 성장가속도에 있었으므로 대학을 졸업하기 전에 모두 취업이 되었다. 그랬기 때문에 대부분의 대학생들이 편한 대학시절을 보낼 수 있었다. 잔디밭에 앉아 맥주를 마시고 기타를 치며 노래를 부르는 낭만을 만끽할 수 있었다.

군사정부에 대한 대학생의 항거는 경제적 낭만이 전제되어 있었기 때문에 가능했다. 가만히 있어도 졸업이 되고 졸업하기 전에 대부분 취업이 되는데 군이 머리를 싸매고 공부할 필요가 없었던 것이다.

그러나 1987년 중국의 제조업이 비약적으로 발전하고, 그로인해 1997년 IMF 외환위기가 터지자 우리나라는 정리해고를 하기 시작하였다. 그리고 그 이후부터 사람들의 삶은 상당히 고단해졌다. 구조조정과 정리해고로 고용 불안정 바람이 거세게 불었고, 그 여파는 대학에도 불어닥쳤다. 결국 대학생들의 청년실업난은 엄청난 수준에까지 이르게 되었다.

지금 대학생들은 '생각 버리기 연습'을 하고 있다. 스펙을 통해 세상의 벽을 뛰어넘고자 하지만, 여전히 아픈 청춘이고, 사회를 둘러보니 문제는 많지만 내가 해결하기는 어려우니 아예 생각을 버리는 것이다.

'스펙열풍'에 대해서는 한 가지 짚고 넘어가고 싶다. '스펙'이란 대학시절 자신이 확보할 수 있는 외적조건의 총체로 정의가 된다. 학점·영어·자격증·공모전·인턴경험·봉사활동 등은 대학생들 대부분이 다 가지고 있다. 때문에 학생들은 차별화를 위해서 독특하고 특이한 경험이나 경력을 가지고 싶어 한다. 자신은 평범한 사람이 아니고 튀는 사람이라고 밝히고 싶은 것이다. 기업에서도 신입사원을 선발할 때 그런 경험이나 경력이 플러스가 된다고 판단을 하기도 한다.

그러나 실제로 그런 경험이 회사에서의 업무 능력과 얼마나 연결이 될까? 회사의 입장에서 신입사원을 채용하는 것은 한 마디로 말하면 도박이다. 도널드 트럼프도 '채용은 도박이다'라고 말하고 있고, 많은 세계적인 CEO들도 동의하고 있다. 도널드 트럼프는 그의 저서『트럼프의 부자 되는 법(김영사)』에서 이렇게 말했다.

"개중에는 그 자리에서 부사장 자리를 주고 싶을 만큼 면접 실력이 대단하지만 알고 보면 진짜 재능이라고는 대단한 면접 솜씨뿐인 사람들이 있다. 모든 신규 채용이 일종의 도박이라는 것은 그런 이유에서다. 대단한 자격증을 갖추고 있다고 해서 항상 뛰어난 실적을 올리거나 업무를 적절하게 수행하는 것은 아니다. 자격증이 없다고 해서 반드시 재능이 없는 것도 아니다. 채용 시에 신중한 태도를 취하면 도움이 될 뿐만 아니라 나중에 뒤통수를 맞는 일도 없어진다. 사람들은 저마다 장단점을 두루 갖추고 있으며 시간이 흐르면서 그것들이 드러난다. …… 내가 직원들을 뽑을 때 눈여겨보는 점은 보통의 수준을 뛰어넘는 책임감이다. …… 자신의 일에 자부심을 느끼는 사람들이야말로 주변에 둘 만한 사람들이며, 내가 늘 곁에 두고 싶은 사람들이다. …… 나는 회사 돈을 마치 자기 돈처럼 쓰고 더 중요하게 아끼는 직원들을 특히 좋아한다. …… 나는 스스로의 머리로 생각할 줄 아는 직원들을 존경한다."

도널드 트럼프를 비롯한 세계적인 CEO들이 채용을 도박이라고 말하는 이유는 무엇일까? 그것은 이력서 한 장과 면접 몇 번으로 그 사람의 전부를 파악하는 건 현실적으로 불가능한 일이기 때문이다. 특히 그 사람을 파악했다 하더라도 그 사람이 일을 잘 할지 안 할지는 전혀 별개의 문제이다. 말은 어눌하게 하지만 일은 잘 하는 사람이 있고, 말은 잘 해도 일은 못 하는 사람이 있다. 일류대를 나왔어도 일을 못 하는 사람이 있고, 지방대를 나왔어도 일에는 미쳐 있는 사람이 있다.

면접에서 몇 번만 논리정연하게 말을 못 해도, 토론에서 몇 번만 실수해도 불합격을 하는 것이 면접의 현실이다. 그리고 직무적성검사도 단순한 시험에 불과하지 그것이 업무와 직접적인 관련이 있다고는 보기 힘들다. 때문에 채용에 떨어진 사람도 기죽을 필요는 없다. 채용에 합격한 사람도 기고만장해서는 안 된다. 한 마디로 운運이 좋아 시험에 통과했을 뿐이기 때문이다.

문제는 입사 후부터 시작된다. 대기업에 들어갔건, 중소기업에 들어갔건, 창업을 했건 실제로 일을 했을 때부터 제대로 된 실력을 보여야 한다. 그래서 계속해서 실력을 쌓아가야 한다. 그래야 이직移職을 할 수 있고, 사업에서 성공을 할 수 있다.

우리의 궁극적인 목표는 직장에서의 성공, 나아가 자기 사업에서의 성공이지 신입사원이 되는 것이 아니다. 그런데도 대학생들의 대부분은 삶의 큰 궤적을 생각하지 않고 단지 바로 앞의 한 단계만 통과하는 데 모든 에너지를 쏟고 있다.

업業의 본질적 경쟁력 향상이 아닌, 단순한 취업을 통과하기 위한 스펙열풍에 유감을 보내는 이유이다. 스펙 쌓기에 몰두하는 것은 시간낭비.

그렇다면 대안은 무엇일까? 그것은 자신이 가고자 하는 분야를

정한 뒤, 그곳에서 필요한 실무지식을 공부하는 것이다. 그래야 입사 이후에 임원, 나아가 CEO까지 승승장구할 수 있다. 그렇지 않으면 입사까지는 될지 몰라도 조만간 위기가 닥치게 된다. 그건 그때 들어가서 준비해도 늦지 않다고 말할지 모르겠지만, 4년이라는 시간 동안 준비를 철저히 해야 한다. 소위 1만 시간의 법칙은 3년 간 하루 10시간씩 투자하면 달성된다. 4년이면 충분히 장인匠人의 반열에 오를 수 있다. 진정한 장인이 된 후 세상에 출사표를 던지는 게 바람직하다.

생각해 보자. 한 사람은 입사만을 목적에 두고 모든 노력을 기울였고, 한 사람은 평생의 업業에 목적을 두고 모든 노력을 기울였다. 누가 앞서가겠는가? 분명한 것은 당장의 눈앞에만 초점을 두고 노력을 한 사람은 직장에 들어가도 똑같은 방식으로 노력을 한다는 것이다. 그것은 꿈이 없는 인생이고, 꿈을 버리고 현실을 쫓는 인생이다. 그런 삶에 행복과 만족은 있을 수 없다. 자신의 일이 행복하고 즐거움에 벅차야 성공을 할 수 있고, 삶도 행복할 수 있다.

우리의 승부는 결국 '업業의 승부'이다. 결국 이론이 아닌 실무지식의 승부이고, 신입사원이 아닌 CEO에 초점을 둔 승부이며, 단순한 일처리가 아닌 종합적인 경영에 초점을 둔 승부이다. 그러므로 단순한 스펙 쌓기에 열을 올리는 시간에 진짜 공부를 해야 한다.

본질적인 업業의 경쟁력이 있으면 처음에는 다소 초라할 수 있겠지만, 시간이 지나면 비교할 수도 없을 만큼 크게 성장할 수 있다.

우리의 인생승부는 100m 달리기가 아닌 마라톤이다. 그 중심에는 본질적인 경쟁력이 있음을 잊어서는 안 될 것이다.

서울대 출신 실업자와 고졸 실업가

서울대를 콕 찍어서 이야기를 하니 좀 미안한 마음이 든다. 그러나 서울대가 우리나라 최고 대학이기 때문에 예를 든 것이다.

지금은 서울대를 졸업해도 실업자가 될 수 있고, 또 되고 있다. 물론 대부분의 서울대생은 자리만 가리지 않는다면 웬만하면 취업은 할 것이다. 그러나 실제로는 취업의 대열에서 탈락하는 학생들이 나오고 있다.

지금 주위를 한번 살펴보자. 고등학교 수학강사 중에 카이스트, 포항공대, 서울대 출신이 상당할 것이다. 이것은 명문대를 나와도 취업을 못하는 학생들이 나오고 있다는 것을 의미한다. 지식을 제대로 배우는 것도 아니고, 그렇다고 취업이 되는 것도 아니고, 그렇다고 해서 돈이 적게 드는 것도 아니고, 그렇다고 시간을 적게 소비하는 것도 전혀 아니다. 정말이지 대학졸업은 수지에 맞지 않는 최악의 장사가 되고 있다.

상황이 이렇기 때문에 명문대를 나왔다는 것이 오히려 부담이 되거나 인생의 걸림돌이 될 수도 있다. 돈과 시간을 효율적으로 사용하지 못한 것을 반증하기 때문이다.

지금의 경제상황이 계속 이어진다면 현재의 2,30대 대다수는 상당히 암담한 미래를 맞이할 것이다.

현재로써는 세계경제는 달라질 가능성이 없고 우리나라도 마찬가지다. 미국은 국가파산이 초읽기에 와 있고, 유럽도 공멸할 상황이다. 일본도 망해가기 일보 직전이고, 중국도 내부폭발 직전이다. 중국은 폭동으로 인해 나라가 뒤집어질 수도 있다. 농민공의 문제와 대학생 실업문제가 우리나라보다 훨씬 더 심각하기 때문이다. 그래서인지 중국은 이미 대학무용론이 거세게 불고 있는 상황이다. 중국은 내부모순이 심해지면 국민들의 관심을 밖으로 돌리기 위해 전쟁을 일으킬 수도 있다.

이렇듯 세계경제 상황이 심상치 않게 돌아가고 있다. 미국도 가만히 앉아서 파산을 당하려고 하지 않을 것이기 때문에 전쟁을 일으킬 가능성도 있고, 유럽도 상황은 만만치 않다. 과거 독일과 이탈리아가 인간의 모든 생산과 소비를 통제한 조치를 하며 경제를 통제하려고 했는데 앞으로도 이와 같은 상황이 나올 수도 있다. 우리는 살아남기 위해 또 번영하기 위해 제대로 공부하며 살아가야 한다.

점차 대학의 필요성이 줄어들면서 사교육도 약화될 것이고, 대학에도 진학을 하지 않는 경우가 발생할 것이다. 대학을 나와도 별 볼일이 없다는 것을 잘 알 것이기 때문이다. 그리고 이런 흐름이 강화되면 고등학교에도 가지 않을 것이고, 심지어 중학교에도 가지 않을 수도 있다. 필수적인 지식은 집에서 배우고, 어릴 때부터 자녀가 원하는 길이나 직업적인 길을 가도록 가르칠 수도 있다.

예를 들어 국내의 직업학교나 해외유수의 직업학교를 중학교나 고등학교 때 보내는 것이다. 그러면 대학 등록금보다 훨씬 적은 돈으로 프로페셔널이 될 수 있다. 돈도 아끼고, 실력도 키우고, 더 젊은 나이에 사회에 진출하니 1석 3조인 것이다. 앞으로는 이런 흐름이 보편화될 가능성도 충분히 있다.

이런 상황이기 때문에 조금이라도 젊을 때 자신의 미래를 냉정하게 생각해 보아야 한다. 그리고 인생의 방향을 잘 잡고 나가야 한다. 아직 대학을 가지 않은 학생이라면 대학 진학에 대해 진지하게 생각해 보고 자신의 직職이 아닌 업業을 생각하면서 미래를 준비해야 한다. 자신이 꿈꾸는 미래를 생각하며 본질적인 경쟁력을 배양하는 데 미쳐야 한다.

대학생들도 시간낭비하지 말고 진짜 자신의 업業을 생각하면서 본질적인 경쟁력을 향상시켜야 한다. 그래야만 암담한 미래를 희망적인 미래로 탈바꿈시킬 수 있다.

지금은 이것저것 다 하면서도 성공할 수 있는 시대가 아니다. 국가가 나를 책임져 주는 시대, 기업이 나를 책임져 주는 시대, 부모가 나를 책임져 주는 시대도 아니다. 나와 여러분이 자랑스러워하는 대한민국은 지금 이 순간에도 하루에 50여 명의 사람들이 스스로 목숨을 끊고 있다. 나는 자살을 택하는 그 사람들이 본질적으로 불성실하고, 게으르고, 문제가 많은 최악의 인간이라고 생각하지 않는다. 운運이 따르지 않았거나 전략적인 판단을 잘못했거나 사소한 잘못이 쌓여서 최악의 결과가 나온 것이라고 본다. 우리도 언제든 그런 처지가 될 수 있다. 우리는 예비 자살자이며 예비 장애인이다.

　마음을 단단히 먹고 살아야 한다. 지금의 시대는 절대 만만한 시대가 아니다. 이제는 아무 것이나 머리에 집어넣으면서 살지 말고, 진짜 필요한 지식을 섭렵해 나가면서 이 험난한 시대를 이겨나가도록 해야 한다.

대학 학점, 기업은 왜 신뢰하지 않는가?

　대학 학점을 왜 기업은 전혀 신뢰하지 않을까? 그 이유는 학점이 순 엉터리라는 것을 알고 있기 때문이다. 기업은 대학생이 단순 암기로 학점을 따고, 시험이 끝나는 순간 그 지식을 거의 다 잊어버린다는 것을 잘 알고 있다. 지금은 지식을 암기하는 것이 아니라 그것을 활용하는 것이 중요한 시대이다. 그런데 시대에 뒤떨어진 암기라니!

　우리는 이제 대학에 크게 목맬 필요가 없다. 대학에서 지식을 전달하는 대학 교수도 연구에 충실하지 않고 있고, 강의수준도 교수의 저서 범위에서 크게 벗어나지 않고 있다. 학점도 단순히 교수의 말을 누가 더 암기를 잘 하느냐로 평가되고 있다.

　대학은 그 동안 지성의 전당으로 인식되어 왔다. 그러나 이제는 아니다. 앞으로는 자기 스스로가 지성의 전당이 되어야 한다. 혼자 치열하게 공부하는 시간이 없는 사람은 앞으로의 생존을 장담할 수 없다.

　1년에 책을 최소한 100~200권은 읽어야 한다. 우리 모두는 끊임없이 새로운 지식을 습득하고 독특한 지식을 전파하는 업業에 종사하고 있기 때문이다. 자기 분야에 지식을 집중적으로 쌓아나가야 한다. 그리고 세계적인 승부를 벌여 나가겠다는 마음가짐이 필요하다.

　마음가짐만 있으면 실력이 붙게 되고, 실력만 있으면 세계적인 성공을 거둘 수 있다. 모든 성공은 복잡하게 보이지만 결국 하나의 길로 집결된다. 본업本業의 본질적인 경쟁력이 바로 그것이다. 자신의 분야에서 세계최고의 실력만 있다면 모든 길을 열어나갈 수 있다.

　이제는 대학을 믿는 것이 아니라 오직 자기 스스로가 새로운 길을 개척한다는 마인드가 중요하다. 대학이라는 성곽城郭과 해자垓字에 갇혀 있을 것이 아니라 말을 타고 끊임없이 지식을 섭렵해 나가는 지식 유목민이 되어야 한다. 그 지식을 다른 사람들에게 제공하여 모두가 번영할 수 있는 길을 열어나가야 한다. 지금은 그렇게 해야 할 때다.

대학, 100만 백수양성소

　과거의 대학은 인재양성소였으나 지금은 100만 백수양성소가 되었다. 대졸 실업자, 석·박사 실업자가 넘쳐나고 있고, 박사학위를 받은 시간강사도 넘쳐나고 있다. 가방끈은 길지만 갈 곳이 없다. 산업계에서의 수요가 없고, 공부를 많이 했다 하더라도 기업계에 곧바로 투입되기에는 어려움이 있으며, 높은 몸값이 오히려 기업의 부담으로 작용하기 때문이다.

특히 요즘은 학문과 실무의 격차가 커지고 있다. 기업에서 신입사원을 재교육 시키는 데 드는 비용은 1인당 1억 원이 넘는다. 대학에서 배우는 교육이 실제 업무와는 거의 관계가 없다는 말이다. 그 결과 기업에서도 1억 원, 가정에서도 1억 원, 개인도 4년의 시간을 따로따로 투입하고 있다. 한국인 모두가 '따로 플레이'를 하면서 시간과 돈을 낭비하고 있는 것이다.

왜 이런 일이 발생했을까? 그것은 대학이 기업을 시장질서니, 주식회사 대학이니 하면서 기업친화적인 학문을 가르치지 않고 껍데기에 불과한 철학적이고 고상한 학문을 가르쳤기 때문이다.

현장에서의 실습이 부족하니 현장과의 괴리가 큰 것은 당연한 일이다. 그 과목을 공부했으면 실제의 현장에서 적용되고 검증이 되어야 하는데 그런 것이 없이 문자로만 읊조리고 있는 형국이다.

대학이 인재집단이 아닌 100만 백수양성소이자 공무원시험 준비기관으로 변질된 데에는 여러 요인이 있겠으나 그 중 시대의 변화가 가장 크다. 대학의 폐해가 본격적으로 거론되는 이유는 지금이 불황이라는 데 있다.

과거에도 대학의 문제는 있었지만 소수만이 대학에 진학을 했고, 산업계에서도 그들을 대부분 소화할 수 있었다. 그러므로 대학이 교양과 학문을 추구하더라도 누구도 비판하지 않았다. 오히려 지식에 덕德까지 있으므로 아름다운 것으로 생각했다. 그러나 지금은 배고픔으로 인해 모든 것이 초라해진 상황이 되었다.

이제는 초등학교, 중학교, 고등학교 때부터 멀리 보고 준비해야 한다. 대학입학을 위한 희생적인 레이스가 아닌 인생을 위한 본질적인 준비가 되어야 한다.

중학교 때부터는 무엇을 할지 찾아나가야 한다. 직업설계는 중학교, 늦어도 고등학교 때부터는 되어야 한다. 그런 면에서 일반계 고교를 진학할 것이 아니라 전문 직업학교에 가고, 가능하다면 해외의 명문 직업학교에 가서 최고의 실력자로 성장하는 것이 좋다. 다른 친구들이 28살 정도에 취업을 할 때, 자신은 부서장이나 혹은 사장이 되어 또래들보다 연봉이 2~3배, 많으면 10배까지 버는 것이다. 이제 본질적인 경쟁력을 키워 세계적인 전문가로 자신을 포지셔닝하고, 이를 통해 세계적인 승부를 펼쳐나가야 한다. 이것이 지금 이 시대의 대안이다.

공립학교나 사설학원이 아닌 자신이 정확한 판단을 내리고 결단을 실행해야 한다. 비판적인 사고로 세상을 새롭게 정의하고 자신의 시대를 만들어 나가야 하는 시대가 되었기 때문이다. 더 이상 남들과 똑같은 속도로, 혹은 남들처럼 성실하기만 하면 성공하는 시대가 아니다.

이제는 대학이 아닌 자신의 미래를 생각해야 한다. 자신의 미래를 보고 집중적인 학습을 해야 한다. 어떤 분야든 책을 3천 권 정도 보게 되면 자신감을 가질 수 있는 전문가가 된다. 1만 권을 독파하면 세계에서도 영향력을 과시할 수 있는 수준이 된다. 탁월한 전문가가 되기 위해서는 마음을 조금 다부지게 먹고 독하게 실천해야 한다.

대기업에서 임원이나 CEO가 되는 것보다는 자신의 기업을 창업해서 CEO가 되고 최고의 기업으로 만드는 것이 더 매력적이다. 물론 상황이 여의치 않다면 취업도 바람직한 것이며, 그 속에서 치열하게 일하여 임원이나 CEO가 되는 것도 매력적이고 보람있는 일이다. 그러나 어떤 길을 가든 안이한 마음으로 일해서는 안 된다. 어떤 분야든 최고의 위치가 되기 위해서는 벼랑 끝에 선 마음으로 일해야 한다. 성공은 쉬운 것 같지만 그렇게 만만하지만은 않다.

결국 인생은 정의하기 나름이다. 성공은 새로운 길을 창조하는 자의 것이다. 다른 사람이 규정한 대로 인생을 살지 말고 자신만의 정답을 창조하여 새로운 법칙을 만드는 것은 어떨까?

지금 20대인 우리는 결국 4, 50년 정도 밖에 활동하지 못한다. 우리 모두는 시한부 인생을 살고 있다. 지구의 46억 년의 역사에 비하면 인간은 잠시 동안만 살다가는 존재이다. 잠시 동안 살다가는 인생, 나는 무엇을 위해서 살고 다른 사람에게 무엇을 선물하다 갈 것인가? 나는 무엇으로 나와 다른 사람을 행복하게 하다 저 먼지 속으로 사라질 것인가? 고민을 제대로 해 보아야 한다.

100만 백수양성소에 불과한 대학에 대해서 다시 한 번 생각을 냉정하게 해 보아야 한다. 단순히 대학에 가서 졸업장을 따고 실업자가 될 것이 아니라 미래를 생생하게 떠올리면서 진짜 자신이 원하는 것을 치열하게 고민하고 그것에 목숨을 걸고 도전하는 자세를 지녀야 한다. 지금 우리 모두에게 그것은 선택이 아닌 필수가 되고 있다.

대학 강의, 도대체 뭘 배우란 말인가?

　대학에서의 학점은 그냥 벼락치기 공부를 해서 따면 된다. 물론 수업도 그렇게 학문적·지식적으로 대단한 것은 없다. 그냥 일반적으로 암기할 수 있는 내용의 자질구레한 것들뿐이다. 그것을 그냥 암기한 뒤 시험지에 적으면 대체로 학과에서 수석을 하는 데는 별 문제가 없다.

　이제는 대학의 강의가 필요없는 시대이다. 대학의 학점을 받아도 별로 남는 것도 없고, 사회에서도 크게 인정하지 않는다. 학점이 좋아도 그다지 쓰일 곳이 없다. 학점은 단지 성실성과 약간의 지식이 있다는 징표일 뿐, 그 이상 그 이하의 의미도 지니지 못한다. 그리고 요즘은 시대가 어려워졌기 때문에 학점만으로는 취업을 하기도 어렵다. 과科 수석으로 대학을 졸업해도 취업조차 하지 못하는 것은 공공연한 비밀이 된 지 오래이다.

　대학 강의의 가장 큰 문제는 실제로 나중에 일을 하게 될 때 업業의 경쟁력에 큰 도움이 되지 않는다는 것에 있다. 교수가 쓴 저서著書의 범위 내를 벗어나는 강의란 거의 없다. 그래서 혼자서 그냥 교수가 쓴 저서를 읽는 편이 낫다. 그렇다고 해서 대학교수가 학생들을 따뜻하게 보살펴 주고 격려의 말을 하는 경우는 극히 드물다. 성인

대 성인으로 만난 피상적인 관계라고 생각하고 사무적으로 대하는 경우도 많다.

결국 대학생들은 대학에서 배우는 것이 없다. 학문적으로도 인간 적으로도. 고려대 경영학과를 중퇴한 김예슬양은 그녀의 저서 『오늘 나는 대학을 그만둔다, 아니 거부한다』의 첫장에 이렇게 적었다.

"오늘 저는 대학을 그만둡니다. 진리도 우정도 정의도 없는 죽은 대학 이기에."

지금의 대학은 미래를 살아나갈 수 있는 확실한 지식을 제공하지도 못하고 있고, 그렇다고 인간미 그윽한 휴머니즘이 넘치는 곳도 아니다. 이러니 대학생들이 어찌 방황을 하지 않을 수 있겠는가? 대학은 학생들에게 미래를 선도할 수 있는 확실한 지식을 전달해야 하고, 교수들도 권위의식을 버리고 인간적으로 따뜻하게 대해야 한다. 그리고 학생들 간에도 나와 너는 한 밥그릇을 두고 싸우는 경쟁자라는 생각을 버리고, 글로벌 인재들과 글로벌 플레이를 벌여야 하는 사람이라고 생각해야 한다. 서로 윈윈Win-Win하며 공부해야 하고, 동시에 독특하고 유일무이한 경쟁력으로 언제나 블루오션의 관점에서 승부해야 한다.

그러나 현실은 암담하다. 지방대에서는 편입시험까지 준비하고 있고, 일부 대학에서는 수업시간에 공무원 시험을 비롯한 각종시험을 준비하고 있다. 고시를 공부하는 학생들은 휴학을 하기도 하지만, 휴학하지 않고 수업에 들어가지 않도록 교수에게 양해를 구한 후 준비하기도 한다.

교수의 강의를 듣는다고 하더라도 학문적으로 대성할 학자가 되는 것도 아니고, 취업을 확실히 보장받는 것도 아니다. 그렇다고 대학수업이 창업創業을 하는 데 도움이 되는 것도 아니다. 결국 뚜렷한 길이 전혀 보이지 않는 상황이므로 교수의 강의를 들으면서 시간을 낭비할 여유는 없다. 교수의 수업은 그 가치가 땅에 떨어졌다. 그것이 지금 대한민국 대학의 현실이고, 대학 강의의 현실이다.

지금 대학 도서관은 공무원 시험을 준비하는 사람들과 취업을 준비하는 사람들로 구성되어 있다. 즉 법서를 끼고 있는 사람들이 있고, 영어와 자격증을 공부하고 있는 사람들이 있는 것이다. 그리고 일부 창업을 준비하는 사람들도 있다. 아직까지는 창업을 적극적으로 준비하는 사람들의 비율은 그리 많지 않다. 그러나 앞으로는 창업 준비를 많이 할 것이다. 공무원 시험도 바늘구멍이고, 취업도 어려우며, 결국 공직이나 대기업으로 가더라도 독립을 해야만 하는 상황을 맞이할 것이기 때문이다.

공직자가 독립을 한다니 좀 의아할 수 있으나 현재의 불황이 심화되면 공무원 감원은 필연적 수순을 밟게 될 것이다. 그리스를 보면 잘 알 것이고, 지금도 디플레이션이 심화되고 있으므로 그 길을 밟게 될 것이다.

우리나라의 경제는 대외경제에 의존을 하는 경제로써 세계경제의 호·불황과 그 맥을 같이 한다. 따라서 미국·유럽·일본의 경제가 형편없고, 이 때문에 수출에 문제를 보이면 경제는 점점 더 어려워질 수밖에 없다. 현재 미국이나 일본, 유럽의 경제가 성장할 가능성도 사실상 없다. 제조업이 무너졌기 때문이다. 중국에서 우리나라에 들어오는 돈도 미국을 경유해 들어오는 돈이다.

몇 번이나 이야기했지만 공무원 준비를 위해서는 대학에 갈 필요가 없다. 그리고 영어공부는 차라리 해외에서 몇 년 사는 편이 훨씬 낫다.

결국 중요한 것은 실력이다. 실력이 있으면 그것은 언젠가는 드러난다. 우리는 지금 당장의 성과가 아니라 앞으로 얼마나 크게 되는가에 관심을 가져야 한다. 지금 연봉 3천만 원, 5천만 원 받는 것이 뭐 그리 대수인가! 앞으로 연봉 30~100억 원을 받으면 되지 않겠는가! 크게 성공하면 작은 성공을 몇백 개 갖다 놓아도 다 이길 수 있다. 그러니 너무 조급해 하지 말아야 한다.

대학에 아직 진학하지 않은 사람들은 대학에 진학하는 것을 조금 신중하게 생각해야 한다. 수천만 원, 수억 원의 돈이면 할 수 있는 일이 많고, 4년의 시간이면 충분히 더 큰 결과를 낳을 수 있기 때문이다.

지식의 변화격차 속도를 따라가지 못하는 대학교수들

지식은 빠른 속도로 진보하고 있다. 그러나 과연 대학교수들이 이 지식의 변화격차를 따라가고 있을까? 그리고 산업계를 리드할 만큼의 실력을 보유하고 있을까? 물론 일부 교수들은 그렇지만 대부분은 아니라고 본다.

조선시대 때 일본은 분명 우리보다 못한 이류二流 국가였다. 그러나 일본은 메이지유신을 거치며 '이와쿠라 사절단'을 해외로 보냈고, 그를 통해 구미 선진국의 새로운 문물을 받아들여 크게 부흥을 할 수 있었다.

이와쿠라 사절단! 일본은 최고의 공무원들을 해외로 보내 새로운 지식과 문물을 섭렵하도록 하여 그것을 일본발전의 초석으로 삼은 것이다. 이것은 국가의 발전이 되는 핵심이 지식에 있다는 것을 말한다. 세계를 조망眺望하여 세계최고의 지식을 배워 그것을 응용할 수 있다면 세계 최고 수준, 나아가 부동의 세계 1위 국가가 될 수 있다는 것을 보여 주는 예이다.

우리나라가 발전을 할 수 있었던 것은 해외에서 공부한 사람들 덕택이었다. 박정희 대통령 시절, 미국에서 유학한 사람들과 일본에서 유학한 사람들의 진두지휘 하에 크게 발전할 수 있었다. 새로운 지식을 배워왔고, 또 발전을 해 보겠다는 열의가 넘쳐났다. 그리고 새로운 기회를 개척할 수 있는 세계적 여건도 조성되어 있었다.

그러나 지금은 여러 측면에서 볼 때 참 힘든 상황이다. 세계경제도 그렇고 우리나라의 상황도 그렇다. 그렇기 때문에 대학교수들이 지식의 변화격차를 최대한 따라잡으면서 세계 산업계를 선도할 수 있는 지식을 내놓아야 한다.

그런데 실제로 그렇게 하는 교수는 많지 않다. 안정적인 해군보다 거친 삶을 사는 해적이 능력이 더 뛰어나다. 지식은 오히려 거친 바다에서 작은 배를 타고 항해하는 사람들이 더 많이 가지고 있다. 전쟁터와 같은 시장市場에서 죽기 살기로 최신의 지식을 배우고 있기 때문이다. 그들은 자신만의 직감直感을 최대한 살려 그 지식을 새로운 것으로 응용하여 적용하려고 한다. 그리고 경영적 노하우까지 결합시켜 최대한 빛을 볼 수 있도록 하고 있다.

이제는 대학교수들도 이와쿠라 사절단처럼 전 세계를 조망하여 새로운 지식을 섭렵해야 한다. 그를 통해 세계를 압도할 수 있는 지식을 산업계에 제공해야 하며, 그 지식을 학생들에게 가르쳐야 한다. 물론 쉽지 않을 것이다. 그러나 그런 자세로 임해야 한다. 그렇지 않다면 우리 모두의 미래가 없기 때문이다.

대학생들도 다부진 마음을 가지고 공부를 해야 한다. 앞으로는 변화하겠지만 지금의 대학은 나에게 어떤 미래도 기약해 주지 않고 있고, 제대로 된 지식도 전해 주지 않고 있다는 것을 알고 스스로가 모든 것을 준비해야 한다.

현재 대학에 진학하지 않은 사람이라면 대학에 가는 것을 심각하게 고민해 보아야 한다. 자신이 미래의 진로를 명확하게 잡고 있다면 실질적인 실력을 학교 밖에서 키우는 것이 더 낫기 때문이다. 학교 밖에서 배우는 지식이 살아 있는 지식이고, 세계와 경쟁할 수 있는 지식이며, 변화격차속도를 따라가고 있는 지식이기 때문이다.

대학 내에서는 지식탐구의 인센티브가 안정적인 월급이지만, 대학 밖에서는 지식탐구의 인센티브가 절박한 생존이다. 대학 밖에서는 전쟁과 같은 현실에서 지식을 통해 많은 사람들에게 선택받으면서 한 걸음씩 나아가야 하기 때문에 더 치열하고, 더 절박하며, 더 긴장감이 있다.

대학 밖에서의 지식습득과 활용은 목숨을 걸고 하는 작업이고, 가족의 생계를 늘 염두에 두면서 하는 인생 그 자체이다. 따라서 대학교수들의 지식섭렵보다는 대학 밖의 사람들이 더 힘있는 지식으로 승부를 한다.

시대의 패러다임의 변화를 인정하고 대학의 변화를 진지하게 논의해야 한다. 대학의 변화야말로 모두의 생존이 달린 절박한 문제이다. 이제는 대학이 변하지 않으면 모두가 나락으로 추락한다는 사실을 인정할 때가 되었다.

우물 안에 갇힌 대학생들

우리나라의 대학생들은 단 하나의 성공 방정식만을 생각하고 있다. 거의 대다수가 대기업, 공직, 고시로 몰려가고 있고, 학점이나 영어·자격증 등 천편일률적인 몽둥이를 들고 전쟁을 준비하고 있다. 자신만의 독특한 무기를 가지고 싸울 생각은 하지 않는다.

그러나 성공의 길은 하나가 아니다. 빛이 사방팔방에서 들어오고 있듯이 성공의 기회도 모든 방향에서 들어오고 있다. 그런데 우리나라의 대학생들은 그것을 깨닫지 못하고 높은 학점, 높은 영어점 수, 많은 자격증, 뛰어난 스펙만을 고집하고 있다. 결국 다 고만고만해질 뿐이다. 극적인 차별화를 위해서는 독특하고 유일무이한 것에 집중해야 한다.

극적인 차별화를 위해서는 남들이 전혀 생각하지 못하는 자신의 본질적인 경쟁력을 찾아야 한다. 극적인 차별화를 위해서는 오직 자신만이 가지고 있는 재능과 독특함을 키워야 한다. 자신의 본질, 자신의 기본, 자신의 특기, 자신의 목소리를 충실하게 살려나가야 한다. 남들이 많이 가는 길이 아닌 나만의 본질을 살려나가는 길이 최고의 블루오션이다. 이 길로 가면 조금은 외롭고 힘들 수 있지만 승리하기도 쉽고 승리할 경우 파이도 대단히 크다.

생각을 유연하게 가지고 세상을 놀라게 할 성공을 위해 단 하나만 보지 말고 모든 것을 기회로 바라본다면 기회는 커질 수 있다. 삶의 모든 가능성을 열어 두고 뜨겁게 살아가야 한다.

인생에 있어서 정해진 답은 없다. 진정한 답은 끊임없는 도전을 통해 매일 진군進軍하는 것이다. 우리는 그 동안 '인생은 ~해야 한다' 고 배워왔지만 그 통념通念은 잘못된 것이다. 우리는 우리 자신의 미래를 스스로 책임져야 하는 시대를 살고 있는데 아직도 귀가 너무 얇다. 외야外野에 있는 사람들이 내 인생을 책임지지는 않는다. 이제는 내 가슴의 목소리에 귀를 기울이고 정답을 찾아야 한다.

우리는 무엇을 위해 최선을 다하고 있는지, 어떤 삶을 사는 것이 옳은지에 대해서 생각하며 살아야 한다. 우리는 행복과 우리의 가슴을 뛰게 만드는 꿈을 열렬히 추구해야 한다.

우리는 남들이 강요하는 목소리를 읊조리는 앵무새가 아니다. 우리는 우리 자신의 가슴 속 깊이 내재된 내면의 목소리를 충실히 들으며 살아가야 한다. 우리는 아무 생각없이 의미없이 살아가는 벌레와 같은 삶은 버려야 한다.

분명 성공은 단 한 곳에서만 오는 것이 아니다. 그런데도 우리나라의 대학생들은 단 하나의 성공방정식에서 벗어나지 못하고 있다. 예를 들어 KFC를 뛰어넘겠다는 꿈을 가지고 치킨 집을 창업하면 부모부터 해서 친구들까지 온통 난리가 난다. 네가 어떤 인재인데 그런 것을 하느냐고, 부끄럽지 않느냐고, 결혼은 어떻게 하려고 하느냐고 하면서. 상황이 이렇기 때문에 우리나라에서는 감히 코카콜라와 같은 기업, 피자헛 · 맥도날드와 같은 기업이 나오지 못한다.

우리나라는 전문직에 종사하거나 대기업에 들어가 말쑥한 차림으로 책상에 앉아 일하는 것을 최고의 성공으로 여긴다. 여기에 탈락하는 사람은 뭔가 부족한 사람으로 여긴다. 중소기업에 취업하는 사람은 능력이 떨어진 사람, 학교 다닐 때 노력을 안 한 한심한 사람으로 평가받는다. 그러니 모든 대학생들이 기를 쓰고 대기업에 덤빌 수밖에.

우리는 처음부터 너무 획일적인 목표를 정해 놓고 모두가 불안해하고 두려워하는 건 아닌가 싶다. 어디를 가든 무엇을 하든 내가 열심히 하면 궁극에는 성공을 할 수 있다. 결국 그 사람에 대한 평가는 관 뚜껑이 닫히고서야 이루어지는 법이다.

최선을 다 해 살면 제대로 된 평가를 받을 수 있을 것이다. 사람은 누구보다도 자기 자신을 잘 안다. 스스로 돌아보았을 때 부끄럽지 않은 삶을 살고 있다면 당신은 잘 살고 있는 것이다.

우리는 이제 하나의 정답이 아닌 보다 많은 정답을 생각하면서 인생의 모든 가능성을 열어 두고 살아가야 한다. 물론 불안하고 두려울 것이다. 중소기업에 간다는 것, 아무 일이나 한다는 것, 안정적이지 않은 직장에서 일한다는 것은 얼마나 불안한 일인가? 저축도 그렇고, 결혼도 그렇고, 노후는 또 어떤가? 거기에다가 집안에 우환憂患까지 생기면 또 어떻게 되는가? 그러나 그렇다고 하더라도 그런 불안을 안고 최선을 다 하는 수밖에는 길이 없다.

완벽한 이상향理想鄕은 없다. 어디를 가든 어려움이 있다. 그래서 부처는 "극락極樂은 서방으로 9만 리에 있다."는 말을 했다. 서방으로 9만 리면 지구를 한 바퀴 돌기 때문에 내가 있는 자리가 나온다. 즉 내가 있는 곳이 극락이라는 것이다. 인간의 욕망을 모두 충족시킬 수 있는 이상理想은 존재하지 않는다. 다만 우리는 우리의 상황을 그렇게 만들기 위해서, 행복한 마음으로 살기 위해서 끊임없이 노력할 뿐이다.

치열하게 노력하면서 불안을 없애고 행복으로 나아가는 것, 그것이 우리의 인생이다. 그러나 아무리 노력하더라도 인간의 본질적인 고통이나 불안을 없앨 수는 없다. 고통 그 자체가 인생의 본질이기 때문이다.

우리는 그 고통을 안고 최선을 다해 살아가야 한다. 그리고 그렇게 하면 반드시 웃을 날이 온다고 믿어야 한다. 치열하게 노력하면 그 과정에서도 행복과 즐거움을 경험하게 될 것이다.

영어에 발목 잡힌 청춘

영어에 대해서는 할 말이 많은 사람들이 많을 것이다. 좀 심하게 말하면 우리나라는 미국의 새로운 주州나 다름없다. 취업을 하려면 거의 모든 곳에서 영어를 요구한다. 영어를 못 하면 취업은 없다. 그러나 영어가 반드시 필요한 곳이 얼마나 될까? 이것은 사대주의적 발상이며, 겉멋만을 추구하는 것이다. 영어를 잘 해야 어깨에 힘을 줄 수 있다고 생각하는 것이다. 실제로 영어는 거의 쓰지도 않으면서 말이다.

물론 영어를 많이 쓰는 기업이라면 영어성적은 반드시 필요하지만 그렇지 않은 곳이라면 영어성적을 요구해서는 안 된다. 그런데도 거의 대부분의 기업에서는 영어성적을 마치 약속이나 한 듯 요구하고 있다. 이것은 성실성을 보려는 의도인지, 암기능력을 보려는 의도인지는 모르겠으나 심각한 문제라고 할 수 있다. 이 때문에 거의 모든 대학생들이 본질이 아닌 영어공부에 상당히 많은 시간을 소비하고 있기 때문이다.

영어공부하는 시간을 본질적인 능력을 향상시키는 데 사용하면 엄청난 능력향상을 기할 수 있다. 분명 그 시간을 자신의 본업本業의 경쟁력을 탁월하게 할 수 있는 부분에 집중적으로 사용한다면 미래는 크게 달라질 수 있다. 가령, 1년 간 영어공부를 하루 10시간씩 하는 것을 자신의 본업분야의 독서로 바꿔 1천 권의 책을 읽고 나면 확연한 결과를 만들 수 있다. 그러나 영어는 1년 간 그렇게 해도 잘 할지 안할지 조차 예측할 수 없다.

영어를 잘 하려면 최소한 1~2년은 집중적으로 공부해야 하는데 그 시간은 무척 긴 시간이다. 우리나라의 대학생들은 많은 기업의 요구 때문에 입사 후에는 크게 사용하지도 않을 영어에 많은 시간을 낭비하고 있다. 그것도 소중한 20대의 시간을.

기업의 인사팀도 이제는 업業의 본질을 이해하고 신입사원을 채용하는 태도가 필요하다. 영어성적이 없으면 입사지원조차 못하게 하는 작태作態는 그만두어야 한다. 성공하는 회사들의 공통점은 능력있는 인재들을 최대한으로 활용한다는 것이다. 그들은 최고의 능력을 활용할 뿐 그들의 출신이나 어학능력은 보지 않는다. 즉 그들은 그들의 기업에서 척화비斥和碑를 뽑아 버린 것이다. 우리나라의 기업들도 한 방면의 최고인재를 영입하고 키워낼 수 있도록 적극적으로 유도해야만 한다. 한 분야의 천재를 키우는 노력이 결국 모두를 살리기 때문이다.

온 나라가 영어병이다. 영어는 업무에 꼭 필요한 사람이 하면 된다. 기업에서 영어를 써야 한다면 분업分業을 해서 사용해야 한다. 영어를 잘 하는 사람은 그 일을 전담하고, 나머지 사람들은 자신의 본업에 충실할 수 있도록 해야 한다. 영어는 분명 말을 전달하는 도구에 불과하다. 중요한 것은 그 속에 담긴 말과 생각이다. 좀더 구체적으로 말하면 그 생각 안에 든 지식과 지혜이다.

잡다한 것은 모조리 끊어내고 하나에 목숨을 거는 미치광이가 되어야 한다. 그래야 한 분야의 천재가 될 수 있고 시대의 역사를 쓸 수 있게 된다.

이제는 공부를 단순히 '성적표'를 위해서 하는 것이 아니라 '세계최고의 사극史劇'을 내 손으로 쓰기 위해서 한다고 생각해야 한다.

지금의 일본은 상당히 흔들리고 있지만 과거 일본이 세계 제2의 경제대국이 된 것은 영어를 잘 해서가 아니다. 일본은 세계적으로 영어를 가장 못 하는 민족으로 유명하다. 그렇다면 일본은 세계에서 가장 열등하고 불성실한 민족이 되어야 한다. 그러나 일본은 세계 제2의 경제대국이 되었고, 지금 일본이 흔들리고 있다고 하지만 아직 우리나라보다는 월등한 경제파워를 보유하고 있다.

일본은 영어는 못 하지만 세계에서 가장 우수한 기술력을 보유한 나라이다. 일본은 본질적인 경쟁력으로 승부한 나라이다. 일본은 특유의 장인정신을 발휘해 세계최고가 된 나라이다. 일본은 중요한 것이 무엇인지 아는 나라인 것이다.

일본은 영어는 도구에 불과하고 세계최고의 물건을 만들어 팔면 세계최고가 된다고 생각했다. 영어를 못하면 영어를 잘 하는 사람을 이용하면 되지, 그것이 세계최고의 제품을 만들 핵심요인이라고는 보지 않았다.

일본에서 경영의 신神이라고 불리는 마쓰시타 고노스케도 영어는 잘 하지 못했다. 일본은 진짜 지식이 무엇인지, 어떻게 하면 세계 최고가 되는지를 알고 실천하는 나라였다.

일본처럼 영어보다는 핵심적인 지식에 시간과 돈을 투자해야 한다. 일본처럼 세계 제2의 경제대국이 되려면 영어를 세계에서 가장 못 해도 좋다. 그 시간에 본업本業에서 세계제일이 되면 된다. 본업도 약간 잘 하는 수준, 영어도 약간 잘 하는 수준이 되면 그것이야말로 최악이다. 우리는 아마추어가 아니다. 결과로 모든 것을 말해야 하는 프로다. 그런 냉정한 현실에 있는 우리에게 어중간함은 결코 허락되지 않는다. 우리는 오직 '최고 아니면 유일'을 이야기해야 한다. 그것만이 경쟁에서 승리할 수 있는 유일한 길이기 때문이다.

한 가지 재미있는 사실은 우리나라에서 신입사원이 되는 데는 영어 성적이 필요하지만, CEO가 되는 데는 전혀 필요하지 않다는 것이다.

실제로 CEO 중에 영어를 유창하게 하는 사람은 많이 보지 못했다. 물론 본질적인 경쟁력을 바탕으로 해외계약을 수주한 이후, 그리고 본질적인 경쟁력을 바탕으로 해외현지법인을 설립한 이후에는 틈틈이 공부도 하고 원어민과의 접촉도 많기 때문에 영어가 늘기는 한다. 그러나 그것은 공부의 선후先後가 분명하다는 점을 잊어서는 안 된다. 그들은 토익점수를 950점 이상을 받고 CEO를 하는 것이 아니라, 본질적인 경쟁력으로 해외의 발판을 만들어 놓고 영어를 조금씩 틈틈이 쌓아갔다.

영어를 못 해도 성공하는 CEO들은 많다. 영어를 못 해도 되는 직종은 많다. 영어가 필요한 부분은 소수에 불과하다. 이제부터라도 기업은 영어업무를 전담하는 직원을 두어 그들에게 영어와 관련된 일은 전담하도록 하고, 사원들이 자신의 본업에 미칠 수 있도록 배려하면 어떨까? 그것이 진정한 분업分業이고, 진정한 효율이고, 진정한 지식배양법이기 때문이다. 왜 영어울렁증이 있는 사람까지 영어를 하도록 만드는지, 왜 그래놓고 영어를 쓰는 일은 시키지도 않는지 궁금할 따름이다. 영어를 많이 사용하는 기업도 본질적인 경쟁력이 탁월한 학생을 영어를 못 한다는 이유로 떨어뜨리거나, 그 학생을 활용하지 않는 것은 기업차원에서도 큰 손해가 아닐까?

지금같이 영어, 영어하는 우리나라에서 영어를 잘 하는 사람은 흔하지만 오히려 본질적인 경쟁력을 보유하고 있는 사람은 드문 것이 현실이다. 이것은 대학교육의 폐해이기도 하고, 다수가 가는 길을 무작정 가는 사람들이 많기 때문이기도 하지만, 어찌되었든 지금의 현실은 그러하다.

국가를 위해서도 바뀌어야 한다. 사회적인 낭비가 너무나 심하다. 개인적 차원에서든, 기업적 차원에서든, 국가적 차원에서든 영어 때문에 시간과 돈의 손실이 너무 크게 발생하고 있다. 선별적으로 지식을 섭렵해야 하고, 그를 통해 본질적인 경쟁력을 향상해야 하는 것이 시대의 대세가 되었는데, 왜 우리나라 사회는 시대와 역행하여 영어를 요구하고 있고, 또 많은 사람들이 부응하고 있는지 안타까울 따름이다.

모두가 영어를 잘 할 때 영어는 더 이상 차별적 요인이 되지 못한다. 모두가 아닌 자신으로 돌아가야 하고, 모든 것을 어중간하게 잘 하는 것이 아닌 단 하나를 세계일류로 해야 한다는 것을 명심해야 한다. 단 하나에 탁월하면 다른 부분은 다른 사람을 활용하면 되지만, 모든 것을 어중간하게 하면 평생을 비참한 신세에서 벗어나지 못한다는 점을 명심해야 한다.

영어병을 버려야 한다. 이제는 쓸모있는 공부를 선별적으로 해야 한다. 영어에 시간을 허비하는 어리석음을 보여서는 안 된다. 그것보다는 본질적인 경쟁력을 키워 승부를 해야 한다. 결국 기업에 가더라도 본질적인 경쟁력으로 승부를 하지, 영어로 승부를 하는 것은 아니다.

영어 때문에 대기업에 입사를 하지 못했다면 진짜 실력을 키워 이직移職을 하거나 창업을 하도록 하자. 우리가 나아가야 할 방향은 남은 50년의 삶이다. 그것을 준비하기 위해서는 본질적인 실력을 확고하게 만드는 길 이외에는 답이 없다. 이제는 이 진리에 대해서 다시 한번 원점에서 진지하게 생각해 볼 때가 되었다.

아무 짝에도 쓸모없는 전공

우리나라의 대학생이 전공을 살리는 경우는 많이 드물다. 그것은 단순히 점수에 맞춰 대학에 들어가기 때문이기도 하고, 그만큼 대학의 지식제공이 부실하다는 것을 뜻하기도 하며, 대학의 지식제공이 산업계의 요구에 부합되지 않는다는 것을 뜻하기도 한다. 그리고 전공을 살려나가지 못한다는 것은 그만큼 우리나라의 대학교육

자체가 잘못되어 있다는 것을 의미하기도 한다.

정부에서도 공급(대학생의 배출)과 수요(산업계의 채용)를 정확히 예측하지 못하고 대학을 운영하고 있다. 이런저런 상황 때문에 대학생만 봉이 되고 있다. 비싼 등록금과 많은 시간을 투자했지만 전공도 살리지 못하고 있다. 이 때문에 대학생들은 대학에서 배웠던 지식과 시간을 모조리 날리는 어이없는 상황에 울분을 터트리고 있다.

공부도 젊을 때 하는 것이다. 젊을 때 해야 기억에 더 잘 남고 이해도 빠르다. 세계적인 천재들도 대부분 20대에 두각을 드러냈다. 늙어서 대성하는 경우도 있기는 하지만 세계적인 천재들은 젊은 시절에 뛰어난 능력을 이미 세계적으로 입증시켰다. 그것은 20대만이 가지고 있는 창의적인 발상, 지치지 않는 체력, 상식을 파괴하는 도전과 열정, 세상의 규칙을 새로 쓰겠다는 당찬 포부, 자신의 생각을 얼마든지 바꿀 수 있는 유연함, 모든 것을 기회로 만들겠다는 야망 등이 복합적으로 작용했기 때문이다.

그러나 우리나라의 대학생들은 그 좋은 시절을 쓸모없는 지식들을 배우는 데 낭비하고 있다. 대부분이 전공을 살려 나가지 못함에도 불구하고 남들이 가기 때문에 가는, 목적의식 없이 가는 대학에서 시간과 돈을 낭비하고 있다. 세계적인 결과물을 낼 수 있는 단한 번뿐인 20대를 그렇게 보내고 있다. 이것이 우리나라 대학생의 현주소이고 우리나라 교육의 비참한 실상이다.

전공을 살리지 못할 거라면 대학에 가서는 안 된다. 대학에 가지 말고 앞으로 자신이 하고 싶은 일을 찾고, 그것을 잘 하기 위한 노력을 해야 한다. 전공을 살리지도 못하면서 대학에 목을 맬 필요는 없다. 이제는 대학이 아닌 진짜 자신의 삶, 진짜 자신의 꿈, 진짜 자신의 삶의 의미, 진짜 미래에 목숨을 걸어야 할 때이다. 이제는 시대의 구성원리가 변했기 때문이다.

대학 4년, 1460일 제대로 활용하기

사실 대학을 제대로 공부를 하겠다거나 확고한 꿈과 목표를 가지고 진학하는 고등학생이 얼마나 있을까? 남들이 가니까 간다는 사람이 솔직히 많을 것이다. 고교시절에 자신의 적성과 재능에 대해 아는 사람도 드물 것이고, 그냥 대충 점수 맞춰서 가는 것이다.

안 가면 괜히 이상한 것 같고 죄지은 것 같은 기분이 드는 것이 우리의 현실이다. 남들이 다 가는 대학을 안 간다니 별 다른 재주가 없는 사람은 괜히 무섭고 떨린다.

물론 대학에 입학하는 사람 중에는 상당한 목표의식을 갖고 입학하는 학생들도 있기는 하다. 그러나 대다수는 그러한 목표의식 없이 입학하는 경우가 훨씬 더 많다. 사회 분위기에 떠밀려서 대학에 가지 않으면 안 된다는 암묵적인 동의로 그렇게 밀려가는 것이다.

그러나 문제는 이런 식으로 4년을 흘려보내기에는 우리의 인생은 그리 길지 않다는 것이다. 돈을 주고도 살 수 없는 젊음을 그렇게 흘려보내기에는 너무 아깝다. 그리고 그 과정에서 들어가는 등록금과 생활비는 너무 크다. 차라리 그 시간과 돈으로 창업을 하거나, 자기계발을 한다면 인생 전체에 훨씬 더 큰 의미가 있을 것이다.

왜 대학에 가는 것인지 진지하게 고민해 보아야 한다. 정말 치열하게 고민하고 대학에 가는 것인지 아니면 사회분위기에 휩쓸려서 그냥 맹목적으로 가고 있는지를. 자신이 앞으로 무엇을 할지, 대학에서 그것을 제대로 가르쳐 주고 준비시켜 주는지에 대해 진지하게 생각해 보아야 한다.

학생들 중에는 사업을 할 사람, 예술을 할 사람, 정치를 할 사람, 문학을 할 사람, 운동을 할 사람 등이 있다. 나는 묻고 싶다. 과연 대학이 이것을 충실하게 준비해 줄 수 있는지를. 만약 없다면 대학에 4년의 시간을 투자하고, 수천만 원 심지어 억대의 비용은 도대체 무엇 때문에 지불을 하는 것일까? 아무런 이유 없이 남들이 다 가기 때문에 피 같은 시간과 돈을 허비할 만큼 우리는 여유롭지 않다.

몇 달 전, 『나는 9급 공무원이 되고 싶다』는 MBC 스페셜이 방영되었다. 이미 9급 공무원이 되겠다는 열풍은 전국을 뜨겁게 강타하고 있다.

조선시대 율곡 이이가 10만 양병설을 주장했는데 그 10만 명을 훌쩍 넘어설 만큼 가히 엄청난 수가 준비하고 있다. 한마디로 '新10만 공무원 양병설'이다.

그것을 본 사람이라면 누구나 이렇게 생각했을 것이다.

'9급 공무원을 하려고 그 비싼 돈을 내고 대학에 다니고 있는가?'

9급 공무원을 하는데 왜 4년이라는 시간을 대학에 낭비하는가? 9급 공무원을 하는 데 대학지식이 과연 필요한가? 차라리 고등학교 졸업하고 곧바로 준비하지 무엇 때문에 대학에 갔는가?

대학은 역할을 상실한 지 오래고, 대학을 충실하게 활용하고 있는 사람이 드문 현실에서 그냥 아무런 생각 없이 대학에 가고 있는 것은 아닌지 곰곰이 생각해 볼 때다. 대학공부는 그저 형식적으로 하고 취업공부는 따로 하는 현실을 당연시해서는 미래가 없기 때문이다. 그러면 많은 사람들이 이렇게 물을 것이다.

"대학을 나오지 않고 무엇을 할 수 있는가? 대학을 나오지 않는다면 사람대접이나 받을 수 있겠는가?"

이런 인식이 지금 대한민국을 지배하고 있고 대한민국을 망치고 있다. 쓸데없이 간판만을 따기 위해 대학에 간다는 것을 그대로 반증하는 말이기 때문이다.

대학에 가는 이유는 학문을 하기 위함이 아닌 제대로 된 직업을 갖기 위해서이다. 제대로 된 직업을 갖고 어떤 상황에서도 살아남을 수 있는 능력을 배양하는 것이 대학에 가는 첫 번째 목적이 되어야 한다.

하지만 지금의 대학은 그런 기능이 현저하게 떨어져 있다. 과거 산업시대에는 대학에서 잘 가르치든 못 가르치든 관계 없이 산업계에서 수요가 있었으므로 취업을 할 수 있었고, 승진을 할 수 있었다. 그러나 지금은 그런 시대가 아니다. 그렇기 때문에 대학에 나와도 취업이 되지 않고, 대학을 나왔다는 이유만으로 승진이 되지 않는다. 결국 대학은 큰 의미를 지니지 못한다. 중요한 의미를 지니는 것은 진짜 실력이다.

물론 상당히 폼 나는 직장에는 대학 간판이 없으면 못 들어갈 수도 있다. 그러나 그런 직장에 못 들어가도 그보다 못한 삶을 산다는 공식은 그 어디에도 없다. 제대로 된 삶을 만들어가는 것은 그 직장이 아닌 나 자신이기 때문이다.

돈을 좀더 많이 버는 것도 중요하지만 그것보다 더 중요한 것은 내가 내 인생을 주도적으로 살고 있는가이다. 내가 정의한대로 내가 내 뜻대로 살고 있는가.

내가 진정한 나로 산다면 충분히 승리한 삶을 살 수 있다. 내가 나만의 길을 확신을 가지고 간다면, 나만의 법칙으로 내가 들어가고자 한 회사보다 더 큰 회사를 세울 수도 있다. 이미 지금 이 시대에는 그런 사람들이 많지 않은가?

지금, 무작정 대학에 가는 것에 대해서 한번 곰곰이 생각해 보았으면 한다. 이것이 과연 옳은 것인가를. 자신이 자신을 설득할 수 없고 확신할 수 없다면 그 길은 가면 안 된다. 자신의 머리와 가슴이 이해하고 확신할 때에만 발걸음을 옮겨야 한다.

대학이 우리를 속일지라도

지금 대학의 핵심문제는 졸업을 해도 갈 곳이 없다는 것이다. 그렇다면 우리는 어떻게 해야 할까? 문제가 있다면 문제를 탓할 것이 아니라 대안을 찾아서 문제를 해결해야 한다.

우리는 평생 동안 무엇을 하며 살 것인지를 진지하게 고민해야 한다. 그것이 시작이자 끝이다. 사람은 단순히 하루하루를 짐승처럼 밥과 현실을 위해서 살아가서는 안 된다. 나의 궁극적인 꿈, 내 삶의 존재의미, 나의 존재 이유를 생각하며 그것을 뜨겁게 추구하며 살아가야 한다. 내가 원하는 내 삶의 모습을 머릿속에 생생하게 스케치하며 살아야 한다. 인간은 자신을 불사를 수 있는 꿈이 없으면 진정 가슴 뛰는 삶을 살아갈 수가 없다.

한 번뿐인 삶을 아낌없이 살아가려면 꿈이 있어야 하고, 자신을 뜨겁게 할 의미가 있어야 한다. 단순히 돈을 벌기 위해 하루하루를 고통스럽게 살아가는 건 너무나 비참하고 화가 난다. 불과 80년을 사는 우리다. 도대체 당신은 무엇을 위해서 살아가는가?

사람들에게 인정받지 못하는 직업에 종사하더라도 그 속에서 자신이 자신만의 삶의 의미를 발견했다면, 그 사람이야말로 인생을 낭비하지 않고 살아가고 있는 것이다.

돈을 많이 벌었다고, 직업적으로 존경받는다고, 명예나 권력을 지니고 있다고 그 사람이 꿈과 의미를 지니고 있는 것은 아니다. 소위 세속적인 성공을 한 사람 중에 사회에 피해를 주는 족속들이 얼마나 많은가! 진정한 의미가 없는 탐욕스러운 돼지로 살았기 때문에 타락한 사람들이다. 생활은 좀 편할지 모르지만 어떤 의미도 지닐 수 없는 삶이다.

자신만의 삶의 의미를 발견해야 한다. 자신과 모두를 웃게 만들수 있는, 수신제가치국평천하가 되는, 하루하루를 단지 생계만을 위한 것이 아닌 지금 당장 죽어도 자신의 인생이 아름다웠음을 증명할 수 있는 삶의 의미를 발견해야 한다. 진정한 꿈에 불을 붙이고 가슴이 활활 타오르는 역동적인 삶을 살아야 한다.

대학생은 자신의 꿈을 먼저 생각해야 하고, 그를 바탕으로 인생설계를 해야 한다. 계획을 세우고 그를 바탕으로 치열하게 실천해야 한다. 무사안일無事安逸에 빠져 안정만이 최고의 가치라고 생각하고 자신이 진정으로 원하는 것을 외면하는 것은 살아 있는 삶이 아니다. 그것은 죽은 삶이다. 공직公職에 종사하더라도 새로운 내일을 꿈꾸면서 치열하게 살아가야 한다. 공직사회를 획기적으로 변화시키겠다는 다짐을 하고 치열하게 지식을 습득해 나간다면 공무원계의 돌풍을 일으킬 수도 있다.

꿈과 성공의 95% 이상은 마음가짐에서 나온다는 사실을 잊지 말자. 그리고 어디에 있더라도 자신이 원하는 삶을 절대로 포기하지 말자. 단순히 밥만 먹고 있다고 자신을 위안하며 자신을 아무런 의미도 없는 삶에 만족하도록 내버려 두지 말자. 우리는 'Only One'이 되어야 한다. 우리는 그렇게 살기 위해 이 땅에 태어났다. 우리가 태어난 이유는 위대한 삶을 살기 위해서이지 단순히 하루 벌어하루 먹는 삶을 살기 위해서가 아니다.

20대의 피는 뜨겁다. 인간의 피는 뜨겁다. 우리는 뜨거운 삶을 살기 위해서 예비된 존재이다. 세계는 넓고, 갈 곳도 많고, 할 일도 많다. 나는 한 곳에 안주하는 것이 싫고, 누구도 그래서는 안 된다고 믿는다. 끊임없이 자신의 삶에 변화를 주고 끝없이 변화하는 삶을 살아가야 한다. 제행무상諸行無常이라는 말처럼 변화는 세상의 본질이고, 우리가 끝까지 붙들고 가야 할 소중한 가치이기 때문이다.

말을 타고 만주벌판을 달리는 삶은 매우 힘들고, 불안하며, 두렵다. 그러나 그것이 진짜 삶이다. 삶이란 원초적인 불안과 두려움을 숙명처럼 안고 가는 것이기 때문이다. 그래서 그 불안과 두려움을 안고 진취적으로 거침없이 사는 삶이 바람직한 삶이다.

변화와 도전이 두려워서 평생 변하지 않고 도전하지 않는다면 인생은 결국 회한悔恨을 남기고 마치게 될 것이다. 인간은 도전해서 실패한 것보다는 하지 않은 것을 후회하고 죽는다는 말은 틀리지 않았다고 본다. 진취적이고 호방한 기질을 마음껏 뿜어내며 이 세상을 살아가자. 그것이 진짜 삶이고, 진짜 멋진 삶이며, 아름다운 삶이다.

밥에만 매달려 평생을 가슴이 죽은 채로 산다는 건 슬픈 일이다. 미래에 대한 고민으로 밤잠을 설치겠지만 불안을 이기고 도전을 해야 한다. 엄청난 리스크를 감수하면서 과감하게 도전하지 않으면 비참한 현실은 절대로 달라지지 않는다. 힘든 현실에 잔뜩 주눅 들어 그대로 웅크리고 있으면 그대로 무너질 뿐이다.

힘이 들수록 더 힘을 내야하고, 힘든 상황일수록 더 투지를 발휘해야 한다. 배가 고플수록 더 죽기살기로 해야 한다.

지금 우리는 정말 힘든 세상을 살고 있다. 그렇기 때문에 우리는 더 투지만만하게 나아가야 한다. 꿈을 꾸고 뜨겁게 열망하면 우리의 꿈은 반드시 이루어질 것이다. 물론 우리는 그 과정에서 많은 고난과 고통을 겪을 것이다. 그러나 아무리 극심한 고통이 있더라도 모든 인간은 꿈을 꾸고 자신을 뜨겁게 하는 감동이 있는 삶을 살아가야 한다.

　오르기 힘들고 고통스러운 태산을 넘으면 내가 그토록 바라던 평지가 보이는 법이다. 자신이 진정으로 바라는 삶을 살자. 그 무엇에도 얽매이지 말고 나 자신이 진정한 주인이 되는 삶을.

제**3**장

우리나라의
대학에게 바람

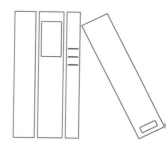

대학을 위한 오답노트

문제없는 사회, 문제없는 기업, 문제없는 가정, 문제없는 사람, 문제없는 인생은 없다. 문제는 항상 있다. 문제가 있다면 고치면 된다. 문제를 고치는 것은 어렵지 않다. 문제가 무엇인지 알고 고치려고 마음을 단단히 먹고 움직인다면. 그러나 문제가 무엇인지 모른다면 그 무엇도 할 수 없다.

우선, 대학 개혁의 뼈대를 이야기하자면 이렇다. 대학은 현재의 연구중심의 대학보다는 직업전문기관의 형식을 띠어야 한다.

1년 단위의 연봉제 계약을 통해 대학교수들이 놀면서도 잘 먹고 사는 일이 일어나지 않도록 해야 한다. 논문건수가 아니라 세계를 놀라게 할 연구를 하도록 해야 한다. 공부하는 학생들도 제대로 공부할 수 있도록 학사관리도 매우 엄격해야 한다. 대학 입학생 전원이 졸업을 할 수 있는 것이 아니라 50~70%만 졸업을 시켜야 한다. 즉 다부진 마음으로 공부를 할 사람들만 입학을 시켜야 한다.

현재의 선발방식도 수정이 되어야 한다. 그리고 대학에서의 연구는 기업과 연계가 되어 진행되어야 한다. 그 중간에 정부가 들어감으로써 산학협력이 관官을 중심으로 해서 유기적으로 연결될 수 있도록 해야 한다(관산학官産學 협력). 특히 과학기술분야에 대한 지원이 중요하고, 이에 대한 활성화가 대단히 시급한 상황이다.

우리나라는 서울대 앞에 신림동 고시촌이 있지만 스탠퍼드에는 실리콘밸리가, 중국의 칭화대 앞에는 중관춘이 있다. 우수인재가 단순암기나 하는 고시나 공무원에 몰려가도록 할 것이 아니라, 과학기술분야로 몰려갈 수 있도록 다양한 연구를 진행해야 한다.

국가는 판검사나 공무원이 먹여 살리는 것이 아니라 기술자가 먹여 살리는 것이다. 앞으로의 세계 경쟁은 결국 기술경쟁으로 귀결될 수밖에 없음을 정부는 절실히 깨달아야 한다. 이것이 한 국가 차원에서 디플레이션을 해결할 수 있는 유일한 방법이기 때문이다.

일반대학도 직업전문가로서 대성할 수 있도록 커리큘럼을 맞추고 진행해야 한다. 수업방식도 천편일률적으로 주입식·판서식으로 할 것이 아니라 토론식·발표식으로 해야 한다. 다양한 방법으로 최고의 실력을 키워 주기 위한 고민을 치열하게 해야 한다.

세계적으로 유명한 직업전문학교를 벤치마킹하는 것도 좋은 방법이다. 모르면 남들에게서 배워야 한다. 우리나라의 대학은 연구중심대학과 직업중심대학으로 갈라져야 하며, 현재로써는 직업중심대학의 비율이 더 많아야 한다. 어쩌면 과학기술분야도 직업중심대학의 모습을 띠면서 기업과 연계된 실질적인 학습을 하고, 특허출원과 상업화를 통해 학생들에게 곧바로 기회를 제공하는 것이 더 나은 방법일지도 모른다.

지금부터 대학이 변할 수 있는 방법을 차근차근 더 생각해 보자.

우선 대학의 정의부터 새롭게 바꿀 필요가 있다. 대학은 스스로 아카데믹하다고 정의하고 있는데 이것은 잘못된 것이다. 대학은 잘 먹고살기 위해서 가는 곳이다. 분명 대부분은 직업적인 부분 즉, 현실적인 목적으로 진학을 한다. 그런데 대학은 시장논리니 대학주식회사니 하면서 이런 현실을 외면하고 있다.

그러면 학생들은 졸업을 한 후 어떻게 살아야 할까? 교수들이야 대학에서 주는 고임금으로 잘 살 수 있다고 하지만, 대학의 고객인 학생들은 무엇을 하면서 살아야 할까?

대학은 현실을 냉정하게 파악하고 움직여야 한다. 학생들의 미래를 현실적으로 책임져야 한다. 취업하려는 학생들과 각종 시험을 준비하는 학생들에게 현실적인 도움을 주어야 한다. 청년백수전성시대라고 둘러대면서 학생들을 백수로 내버려두는 것은 너무 무책임하다.

대학을 거창한 개념으로 생각하지 말고 하나의 도구적인 사설학원으로 생각해야 한다. 그래서 학생들의 1차적인 목마름부터 해소해 주어야 한다. 직업을 대비할 수 있거나, 창업을 대비한 실질적인 학습 혹은 자신만의 꿈을 전문적으로 대비할 수 있는 학습, 혹은 경제적인 이익창출과 바로 연결될 수 있는 학습을 제공해야 한다. 그렇지 않다면 대중대학시대의 대학은 대중들로부터 결코 지지를 받을 수 없을 것이다.

대학은 학생들의 현실적인 요구에 부합하는 시스템을 가지고 접근해야 한다. 그렇지 않다면 학생들은 대학에 가야 할 필요성을 전혀 느끼지 못할 것이다. 취업을 하려는 이들을 위한 현실적인 교육, 각종 시험을 준비하려는 이들을 위한 현실적인 교육, 창업을 하려는 이들을 위한 현실적인 교육을 하는 것이다. 이런 교육은 사실 대학교수들보다는 시장에서 검증된 사람들이 하는 편이 더 바람직할 수도 있다. 칼부림이 난무하는 시장市場에서 익힌 실전지식을 더 많이 가지고 있기 때문이다. 따라서 민간 전문가를 교수로 초빙하는 것이 하나의 탁월한 대안이 될 수 있을 것이다. 박사학위가 없더라도 실질적인 실력이 있다면 교수로 임용하는 절차가 제도화되고 보편화되어야 할 것이다.

그렇다면 교육은 어떻게 해야 할까? 창업을 위한 교육을 예로 들어 보겠다. 창업을 한다는 것은 곧 사업을 한다는 것이다. 사업을 하려면 시대를 읽는 눈이 필요하다. 그렇다면 경영학을 가르쳐야 하고, 인문학도 가르쳐야 한다. 그러나 이 가르침은 단순히 칠판에 판서하고 일방적으로 이야기하는 것이 아닌 쌍방의 교환적인 가르침이 되어야 한다. 교수가 모든 것을 알고 있다는 자만심이야말로 커다란 문제이기 때문이다. 토론을 통해서 학생들의 생각을 들어보아야 하고, 정리된 의견을 표현하도록 유도해야 한다. 결국 학생들은 자신들이 생각을 정리한 대로 표현하고 그를 바탕으로 사업을 하게 된다. 그래서 토론을 통해서 자신의 생각이 옳은지 그른지를 검증하고, 자신의 논리도 정교하게 다듬는 작업을 해야 한다.

토론을 통해서 경영과 인문에 접근을 한다면 반박과 재반박을 통해서 많은 것을 배울 수 있게 될 것이다. 이것은 실제 유태인들의 학습법(대화법)이기도 하다. 강의는 단순히 가르치는 것이 아닌 가르침과 토론이 병행되어야 한다. 그렇게 될 때 학생들은 주입식 교육에서 탈피해 자신만의 생각을 표현할 수 있다.

주입식 교육은 과감한 모험가나 독특한 괴짜를 길러 주지 못한다. 또 창조적인 도전가를 길러 주지도 못한다. 이제는 주입식 교육을 탈피하고 토론식 교육으로 가야 한다.

그리고 수업만 하는 것이 아니라 직접 기업에 방문을 해 보는 건 어떨까? 그리고 기업에서 일을 해 보는 것은? 사장 비서도 해 보고, 온갖 일들을 해 보는 것은? 그리고 한 기업에서만 일하는 것이 아닌 다양한 기업에서 일을 하는 것이다. 그리고 그를 통해서 토론을 하고 리포터를 작성하는 건 어떨까? 그러면 실전경험에 실무적인 지식습득, 토론을 통한 문제점 수정, 리포터 작성을 통한 생각의 정리를 하게 될 것이다.

이런 식으로 수업을 하면서 창업을 준비하는 학생들이 다양한 능력을 함양할 수 있도록 자연스럽게 유도해야 한다. 다양한 학습을 통해서 능력을 키워 주어야 한다. 학습은 하나의 방향이 아닌 모든 방향을 고민해 보아야 한다.

실제 학습의 본질이란 교과서에만 있는 것이 아니라 세상의 모든 것에서부터 시작되고 끝나는 것이다. 실제로 교과서의 이론이란 현장에서 검증된 뒤 그것이 체계화 돼 이론화된 것이다. 교과서만을 달달 암기만 하는 건 문제가 있다. 물론 모든 진보는 거인의 어깨 위에서 시작되는 것으로 선인先人을 통해 학습을 하는 건 필수적이다.

그러나 역사의 새로운 물결은 늘 교과서를 넘어선 독창적인 것에서 나왔음에 주목해야 한다. 전기電氣 만드는 법이 교과서 있었던 것도, 스마트폰을 만드는 법이 교과서에 있던 것도 아니었지만, 에디슨과 스티브 잡스는 우리의 삶을 혁명적으로 바꾸어 놓았다. 세상의 모든 것으로부터 배우고 시대를 리드할 수 있어야 한다. 교과서에만 갇히면 안 되고, 세상의 모든 것으로부터 배우고 익힐 수 있어야 한다. 그런 뒤 숙고熟考를 통해 우리시대의 역사를 새롭게 쓸 위대한 도전을 해야 한다.

시험도 방법을 달리할 것을 고민해 보아야 한다. 현재처럼 암기식으로 시험을 치르는 것이 옳은지. 차라리 교수들과의 면접을 통해서 시험을 치루는 것은 어떨까? 토론을 통해서 자신의 의견을 그대로 표현할 수 있도록 하는 것이다. 교수의 강의내용을 그대로 쓰는 것만으로 평가하는 방식 외에도 다양한 방법으로 능력을 검증하는 방법이 필요하다.

면접을 하더라도 학생의 창의적인 의견이 존중될 수 있어야 한다. 시험지에 답안을 적는 방식으로는 해당강의를 맡은 교수의 생각 범위를 넘어서지 못한다. 혹시 학생의 개인적인 의견이나 교과서에 없는 남다르고 독특한 의견 혹은 교수와 다른 의견을 적으면 오히려 마이너스를 당해 자칫 낙제를 당하고 만다. 오직 교수가 말한 내용을 토씨도 안 틀리고 적어야 A+를 받을 수 있다. 심지어 교수가 좋아하는 농담까지 적어야 플러스가 된다. 그러나 그래선 안 된다. 이제는 다양한 교수들이 평가를 하고, 그 속에서 학생의 다양한 의견이 살아나갈 수 있는 시험방식이 어떨까 생각해 본다.

지금 사회에서는 교수들이 이야기한 것만으로는 미래를 만들어

나갈 수 없고, 학생 스스로의 유일하고 독특한 생각이 미래를 만들 수 있는 핵심적인 열쇠이다.

교수들 간에도 임금격차를 많이 두어야 한다. 엄청난 성과를 내는 교수와 그저 그런 성과를 내는 교수 간에는 분명 차이가 있어야 한다. 그래야 올바른 대학사회가 만들어질 수 있다. 큰 성과를 내나 그렇지 않으나 대가에서 큰 차이가 없다면 교수들은 열심히 일할 이유가 없다.

현재의 대학에서는 연구가 중심이 되고 있다. 그러나 실제로 그 연구가 제대로 진행되고 있는지 한번 따져 봐야 한다. 실제로는 연구도 제대로 되고 있지 않고, 강의도 제대로 되고 있지 않은 대학이 부지기수이다. 물론 모든 대학교수들이 그런 것은 아니다. 그러나 주기적으로 철저한 감사監査가 있어야 한다. 그리고 그를 통해서 연구중심 대학에 대한 실질적인 대안을 만드는 작업이 필요하다. 실제로는 국민의 세금만 잡아먹고 있는 대학이 많다.

정년이 보장되는 교수는 극소수로 하고, 매년 교수들을 교체할 수 있도록 하는 것도 바람직하다. 즉 매년 어느 정도의 기준에 부합하지 못하면 교수들을 내보내고 새로운 교수들을 채용하는 것이다.

지금 교수들은 실력이 좋아도 대학에 남아 있고 그렇지 않아도 남아 있다. 그리고 대학 밖에는 수많은 시간강사들이 있다. 그 중에는 분명 현직에 있는 대학교수보다 실력이 월등히 나은 분도 분명 있을 것이다. 그들은 대학사회의 정교수로 활약해야 한다. 실력에 따라 교수의 위치가 결정되는 것이 바람직한지, 아니면 한 번 들어가면 영원하다는 식의 해병대 논리를 고수하는 것이 바람직한지 대학사회에 묻고 싶다.

실력이 없는 교수들은 물갈이 되어야 하고, 아무리 나이가 어린 시간강사라고 하더라도 실력이 있다면 과감히 정교수로 초빙하는 것이 옳다고 생각한다.

강의에 대해서도 할 말이 많다. 교수들의 경우 강의가 천편일률적이고 잠 오는 강의가 많다. 강의법에 대한 학습도 대학 차원에서 이루어져야 한다. 자기 마음대로 강의해서 전달력을 떨어뜨리는 것이 아니라, 고객의 관점에서 만족스러운 강의가 되도록 해야 한다. 그런 노력도 대학 차원에서 필요하다.

학문의 전당 VS. 직職이 아닌 업業의 경쟁력 향상

오늘날의 대학은 스스로를 학문의 전당으로 정의한다. 혹은 전인교육의 터전이며, 인격도야의 장場이라고 정의한다. 그리고 많은 대학교수들도 그런 생각을 떨쳐내지 못하고 있다. 이른바 하면 된다는 성공신화가 통했던 시절의 대학생활을 했고, 대학졸업만 하면 대다수가 취업이 되던 낭만파 시절의 대학생이었던 그들은 당연히 그런 생각을 가지고 있다.

그러나 지금 대학생의 현실은 전혀 다르다. 명문대를 졸업해도 자살을 강요받아야 하는 상황이다. 등록금은 어찌나 비싼지 졸업하고

5~10년이 지나도록 빚에 시달려야 하는 상황이다. 남들을 똑같이 따라하는 것만으로는 그 무엇도 보장받을 수 없는 시대가 된 것이다.

지금의 20대를 표현한 말로는 우리나라의 '88만원 세대'가 있고, 유럽의 '천 유로 세대'가 있으며, 일본의 '니트족'이 있고, 중국의 '개미족'이 있다. 그리고 최근 우리나라에서 나온 말로 '삼포세대'라는 말도 있다. '연애와 사랑과 출산을 포기한 세대'라는 말이다. 정말 심각한 상황이다.

2천만 원대의 연봉을 받는 20대가 태반인 상황에서, 1년에 1천만 원을 모으는 것도 만만치 않은 상황에서 연애와 사랑과 출산은 엄청난 부담이며 두려움이 되고 있다. 거기다가 학자금 빚까지 있어 저축을 전혀 못 하고 있는 졸업생들도 있다.

일본의 경우도 젊은이들의 태반이 야망野望을 접고 있다고 한다. 자수성가가 하나의 신화神話가 되고 있다는 말이다.

20대의 상황은 이처럼 비참하게 돌아가고 있다. 김광수 경제연구소 선대인 부소장의 말처럼 우리나라의 20대는 6무無 세대이다. 실제로 우리나라의 20대는 '일자리, 소득, 집, 사랑과 결혼, 아기, 희망'을 쉽게 가질 수 없는 세대이기 때문이다.

그런데 아직도 대학은 진리의 요람이니, 학문탐구의 전당이니, 인격도야의 장이니 하는 등의 한심한 소리만 하고 있다. 이런 사태를 어떻게 이해해야 할까? 현실은 총알과 미사일(치열한 생존경쟁)이 사방천지를 날라 다녀 수많은 군인(대학생)들이 죽어가고 있는데 군사 훈련소(대학교)에서는 여전히 태평성대(현실파악 제로)인 줄로만 알고 있다.

우수한 인재가 모인 대학이 퇴물들이 모인 집단이 되어서는 안 된다. 대학은 대학생들의 미래를 담보할 수 있는 실질적인 지식을 가르쳐야 하고, 그를 통해 국가를 실질적으로 리드해야 한다. 따라서 직職이 아닌 업業의 본질적인 경쟁력을 향상시키는 것에 초점을 두고 대학편제를 해야 한다. 이를 통해 학생들이 대학을 졸업한 이후에 제대로 된 삶을 살 수 있도록 도와주어야 한다. 이제 대학은 졸업 이후의 생존능력 배양에 초점을 두고, 현실적 · 실질적으로 변해야만 한다.

우리는 머릿속에 '업業의 본질적인 경쟁력'이라는 말을 새겨 두어야 한다. 이제는 단 하나로 세계적인 승부를 펼쳐야만 하는 시대가 되었기 때문이다. 이제는 어중간함으로는 살아남을 수 없다.

회사에서 가장 해고되기 쉬운 유형이 중간관리자이다. 그리고 회사에서 온갖 일들을 어중간하게 처리하는 사람이다. 그러나 회사에서 자신만의 분야에 독보적인 경쟁력을 가지고 있는 사람은 해고되지 않다.

독보적인 경쟁력이 있으면 회사를 나와서도 비즈니스를 할 수 있다. 독보적인 경쟁력만 있다면 어디에서든 환영한다. 오히려 불황일수록 그런 사람은 더 찾게 되어 있다. 경쟁이 극심해졌기 때문에 최고의 인재를 영입하는 '인재전쟁'이 무엇보다 중요해졌기 때문이다. 그렇기 때문에 단순히 열심히 뛰는 것은 지양止揚하고, 치열하게 미래를 고민하는 것이 필요하다.

늘 남들이 주목하지 않는 틈새를 생각해야 한다. 늘 경쟁을 염두에 두어야 하기 때문이다. 틈새에서 기회를 발견하는 능력이야말로 지금 이 시대에 번영할 수 있는 강력한 힘이 될 것이다.

틈새전략은 블루오션과 유의어類義語이다. 블루오션이란 대다수가 벌떼처럼 몰려가는 길을 과감히 거부하고, 남들이 눈여겨보지 않는 황무지로 가서 그 시장을 헝그리 정신을 가지고 개척하여 독보적인 존재가 되는 것을 말한다.

물론 지금 학자금 때문에 온갖 아르바이트를 하면서 공부는 손도 못 대는 학생들도 있을 것이다. 그 사람들은 자신이 판단을 잘 해야 한다. 그렇게까지 해서 대학을 졸업해서 무엇이 되겠는지를.

스펙이 좀 있어도 백수부대의 부대원이 되는 상황에서 아르바이트 때문에 실질적인 지식은 전혀 쌓지 못한다면 내 미래가 어떻게 될지 진지하게 생각해 보아야 한다.

답이 안 나온다면 자신의 지금 행동을 그만두고 새로운 길로 나서는 것이 올바른 선택이 아닐까? 남들이 많이 가는 길이 안전한 길이 아니다. 오히려 가장 위험한 길이다. 수많은 경쟁을 거치면서 최소 80%의 사람들이 나가 떨어지기 때문이다. 실제 대기업에 가더라도 임원이 되는 사람은 1% 미만에 불과한 실정이다. 물론 이 말이 대기업에 가지 말라거나 중소기업에 가지 말라거나 하는 말은 아니다. 왜냐하면 비가 내리면 비를 피하고 봐야 하고, 또 그 속에서 경쟁력을 키우면 다양한 기회가 만들어지기 때문이다.

인생이라는 것은 그 누구도 미래를 예측할 수 없다. 그렇기 때문에 순간순간 최선을 다해 나가야 한다. 그러면 운運도 따르고 다양한 경우의 수가 생겨 인생이 근본적으로 달라질 수 있다.

크게 성공하려면 분명 운도 어느 정도는 반드시 따라야 한다. 그러나 그 운이라는 것도 치열하게 노력하는 속에서, 다양한 도전을 하는 속에서만 나오는 것임을 명심해야 한다.

대학은 더 이상 세계에서 가장 똑똑한 고등학생을 세계에서 가장 무식한 대학생으로 만드는 일은 하지 말아야 한다. 더 이상 대학을 졸업해 갈 곳 없는 우울한 사람, 자살을 하려는 사람, 비참한 사람, 연애도 못하는 사람으로 만들어선 안 된다.

대학은 각성覺醒해야 한다. 그리고 제대로 변해야 한다. 대학생은 자신의 미래는 자신이 준비해야 한다. 어차피 대학이 변하더라도 자신의 인생은 자신이 준비하는 것이다. 지금 우리나라의 대학은 문제투성이이고, 이 속에서 대학을 신뢰하는 대학생은 바보가 되고 있다. 대학도 대학생도 정신을 차리면서 나아가지 않으면 미래를 전혀 보장받을 수 없다. 대학이 변하지 않는다면 결국 우리나라의 수많은 대학생들은 계속 피눈물을 흘리게 될 것이다.

교수의 수준이 올라가면 대학의 수준도 높아진다

직장인들은 40세 정도가 되면 전전긍긍하면서 일하고 있는데 대학교수는 너무 편한 나머지 현실인식을 못 하는 경우가 많다.

우리나라의 교수들은 너무 편하다. 팽팽한 긴장감이 없다. 같은 기간 동안 삼성은 구멍가게에서 출발해 세계 일류가 되었지만, 우리나라의 대학들은 그러질 못했다. 절박한 긴장감의 공유가 얼마나 되어 있느냐로 번영이 결정되는 세상에서 대학은 그 절박감과 헝그리 정신이 너무도 부족하다.

대학교수들도 1년 단위의 연봉제 계약으로 긴장감을 높여야 한다. 박봉薄俸을 받고 있는 시간강사들 중에서 실력이 있으면 그 사람을 정교수로 곧바로 임용시켜야 한다.

일반 기업의 경우 나이가 2,30대여도 실력이 있으면 임원이 될 수 있다. 그러나 대학은 아직도 자신들만의 리그규칙을 신주단지 모시듯 하고 있고, 박사학위가 없으면 교수조차 될 수 없도록 하고 있다. 즉 흥선대원군이 지향했던 쇄국정책을 아직도 굳게 고수하고 있는 것이다. 이제는 대학에서 '척화비斥和碑'는 뽑아내야 한다.

엘빈 토플러도 오죽했으면 그의 저서 『부의 미래』에서 대학이 공무원 집단보다 더 늦게 변하는 존재라고 말했겠는가! 정말 대학은 심각한 골치 덩어리가 되고 있다. 적어도 지금은 사회의 암적인 존재이다.

미친 등록금은 가정경제를 파괴하고 있고 대학생의 미래를 저당 잡고 있다. 고학력 실업자는 국가적, 개인적으로 큰 문제를 낳고 있다. 교수들은 제대로 된 연구 성과를 내지 않으면서 안정을 보장받고 있고, 비교적 높은 수준의 연봉까지 받고 있다.

대학교수들은 신성한 양심을 걸고 연구에 매진해야 한다. 물론 국내 대학의 교수들 중에는 연구에 매진하는 교수들도 있다. 그들은 우리나라의 국난國難을 해결할 영웅이자 지도자이다. 엄숙한 자세로 묵묵히 내일을 희망으로 만들기 위해 치열하게 매진하는 '영웅적 교수'들은 분명 있다. 그러나 안타깝게도 그들은 교수그룹의 다수가 아니다.

정부에서도 대학에서도 개혁을 위한 고민을 해 보아야 한다. 시스템을 변화시키는 것도, 제도를 바꾸는 것도 필요하다. 대학도 구조조정을 할 필요가 있다. 모두가 대학에 갈 필요도 없고, 모든 대학이 연구중심의 대학일 필요도 없다.

대학을 좀 없애고, 지금의 대학임용 시스템도 실력 중심으로 해서 실력 있는 시간강사들을 교수로 임용시키고, 정교수들도 실력이 없으면 곧바로 내보내야 한다. 외부 인사들도 실력이 있다면 학위가 없더라도 채용하는 열린 자세를 가져야 한다.

대학 강의를 들어보면 교수들은 자신이 쓴 저서를 크게 벗어나지 않는다. 그렇다면 학생들은 교수가 쓴 책을 독학獨學하면 되지 강의는 들을 필요가 없다. 그리고 교수가 한 연구도 실전성이 떨어지기 때문에 외부 인사라는 수혈輸血을 통해 실무지식을 전달해야 한다. 지금의 대학수업은 전공의 굵직한 선만을 보여줄 뿐, 현실에서 벌어지고 있는 상황들을 섬세하게 보여 주지 못하고 있기 때문이다.

교수들은 뜨겁고 치열하게 강의해야 한다. 사교육 시장의 스타강사들이 어떻게 강의를 하는지 유심히 보고 배우는 것도 바람직하다. 그리고 토론식 수업에 대해서 고민을 해 보는 것도 좋다. 지금의 학생들은 주입식 암기교육에 찌들어 있었기 때문에 자신의 생각을 논리적으로 표현하는 능력이 부족하다. 또한 질문하는 능력도 부족하다. 토론식 수업을 통해 자신의 생각을 정리하고 발표하여 사고를 다각도로 해 볼 수 있도록 해야 한다.

지금은 새로운 답을 제시해야 하는 시대이다. 단순히 교수가 말한 것을 정확히 암기하여 말하는 것이 아닌 교수의 의견에 대한 비판과 전혀 새로운 생각을 제시하는 것이 시대를 리드할 수 있는 강력한 학습이 된다. 토론을 통해 문답식問答式으로 의견을 주고받으면서 학생들의 생각을 예리하게 다듬는 작업은 반드시 필요하다.

지금의 대학은 시장질서의 지배를 받지 않는 거의 유일한 집단으로써 학문과 교양, 이상理想을 논하는 유일한 집단이 되었다. 그러면서도 그 대가代價는 상대적으로 높다.

대학교수들은 강의수준을 올리고, 학생들의 지적수준을 높이기 위해 다양한 노력을 해야 한다. 그리고 대학에서도 학생들에게 시대를 선도할 수 있는 지식을 제공할 수 있도록 '어떤 지식을 어떻게 전달할 것인가' 에 대한 근본적인 논의도 진행해야 한다. 사실 이 작업이 우선이다. 그리고 교수들이 논문을 제대로 쓸 수 있는 방안을 강구해야 하고, 실력있는 시간강사는 곧바로 교수로 채용하는 것도 제도화해야 한다. 교수채용 시스템에 대해서도 공론화가 필요하다. 밀실密室에 앉아서 교수를 뽑을 것이 아니라 모든 과정을 투명하게 공개해야 한다.

박사학위가 없어도 심지어 대학을 졸업하지 않았더라도 실력만 좋다면 즉시 교수로 채용을 해야만 한다. 그리고 박사학위 소지자와 비소지자 간의 대학교수 구성비도 5:5로 해야 한다. 이론과 실전(실무)의 조화가 반드시 필요한 시대가 되었기 때문이다. 오히려 이론보다는 실무實務 · 실전實戰 · 실용實用 · 실재實在가 훨씬 더 중요한 시대가 되었기 때문이다. 단순히 학교 울타리 내에서 박사학위만 딴 사람은 학생들을 제대로 가르칠 수 없는 시대가 되고 있다.

이제는 지식이 단순한 학문탐구가 아닌 현실에 이용됨으로써 세계 시민들에게 실질적인 도움을 줄 수 있어야만 한다. 그리고 시대에 뒤떨어지는 수십 년 전의 교과서만을 쓸 것이 아니라, 시대와 호흡하고 시대를 이끌 수 있는 새로운 지식을 통해 강의를 해야 한다. 그러기 위해서는 교수가 최신의 이론도 연구를 해야 하고 공부도 세계적인 흐름을 주시하면서 더 치열하고 뜨겁게 해야만 한다.

대학교수는 대한민국의 성공키를 쥐고 있는 사람들이다. 때문에 교수들은 세계에서 가장 공부를 많이 하는 사람이 되어야 한다. 그리고 대학은 뜨거운 향학열向學熱로 국가 전체를 감싸고 있어야 한다.

그러나 현재와 같은 상황이라면 우리에게 미래는 없다. 지금 이대로라면 학생들은 대학에서 도대체 무엇을 배울 수 있겠는가?

먼저 대학이 변해야 한다. 그리고 교수도 변해야 한다. 이제는 뜨거운 담론談論을 통해 대학의 방향을 수정하고 대학과 교수, 대학생이 하나가 되어 대한민국호를 이끌어가야 한다. 청년백수 전성시대를 이끌어가는 대학이 아닌 미래의 청사진을 명확히 제시할 수 있는 대학이 되어야 하는 것이다.

대학졸업장, 2억 6천만 원짜리 부도 수표

이제 대학졸업장은 대부분의 사람들이 소지하고 있다. 대학졸업장은 더 이상 차별적 요인이 되지 못한다. 그렇다면 서울대 졸업장은 어떨까? 그래도 조금은 낫겠지만 그것만으로 비교우위에 서기는 어렵다.

이제는 바야흐로 모든 대학졸업장이 하나의 운전면허증에 불과한 시대가 된 것이다. 아니, 운전면허증은 차車라도 몰 수 있게 해주지만 대학졸업장은 아무 짝에도 쓸모가 없다. 지금 우리나라의 대학졸업장은 사실상 2억 6천만 원짜리 부도수표不渡手票이다. 인정하고 싶지 않지만 사실이 그렇다.

초·중·고 과정에서 온갖 어려움을 이겨내며 대학에 왔다. 학교시험을 잘 치기 위해 커피를 라면 사발에 부어서 마시기도 했고, 조금 더 나은 성적을 받기 위해 친구끼리 싸워가면서 공부를 했으며, 하루하루 긴장된 마음으로 수많은 세월을 보낸 후에야 대학에 들어올 수 있었다. 그런데 이게 뭔가? 대학에서 배우는 게 없다니!

우리나라 교육의 핵심문제는 초·중·고교를 다니며 거의 20년 간 엄청난 노력을 해 오다가 결국 거의 모든 사람들이 대학에 가서 자신의 인생을 망쳐 나온다는 것이다.

당장 주위를 살펴보아도 제대로 공부를 하는 대학생이 드물고, 자신만의 방향을 확실하게 잡고 있는 대학생도 드물다. 어떤 길을 가야할지, 어떻게 살아야 하는지에 대한 고민을 치열하게 하는 사람도 많지 않다. 단순히 스펙을 높이기 위한 의미없는 망치질만 죽어라 하고 있다.

새로운 도전은 두렵다. 엄청난 고생을 해야 하고, 잘못하면 평생 기반을 잡지 못할 수도 있기 때문이다. 이른바 명문대를 졸업했다고 해도 주위에 제대로 취업조차 하지 못한 사람들이 많기 때문이다.

우리나라의 교육은 한마디로 입시의, 입시에 의한, 입시를 위한 교육이다. 그러나 결국 2억 6천만 원짜리 부도수표를 따느라 죽을 듯이 고생했다는 현실에 대해서는 그 누구도 이야기하지 않고 있다. 왜 이런 현실을 쉬쉬하고 있고 그 누구도 문제제기를 하지 않고 있는가?

그렇다면 앞으로는 대학에 가지 말아야 할까? 솔직히 대학을 가지 않아도 큰 문제가 없지 않을까? 이제는 명문대보다는 오히려 자신만이 가지고 있는 독특한 면을 살려 그 방면으로 나아가야 한다. 이제 명문대 출신들도 알 것이다. 모든 부문의 핵심은 진짜 실력을 통한 진짜 경쟁임을. 그리고 그 경쟁에서 이기기 위해서는 꿈에 미쳐야 하고, 자신만의 독특한 삶을 살아 가야한다는 것을. 그리고 그것이 결국에는 궁극의 블루오션임을.

앞으로는 국민 대다수가 대학이나 사교육에 목을 매지 않을 것이다. 그렇게 해도 별 볼일이 없고, 오히려 반대로 해야 성공한다는 것을 알 것이기 때문이다. 그리고 그 돈을 효과적으로 사용하면 대학졸업장과 비교해 엄청난 결과가 발생한다는 것을 알 것이기 때문이다. 이제는 명문대에 목을 매는 그런 일은 발생하지 않을 것이다. 이제 그 거대한 흐름의 변화를 지켜보는 일만 남았다.

지금의 대학은 스스로 매우 잘 하고 있는 줄로 알고 보신保身에만 신경쓰고 있다. 학생들에게 어떤 미래도 약속하지 못하고 있고, 가정살림도 파괴하고 있다.

대학은 본질적인 경쟁력, 바로 사용할 수 있는 지식, 세상과 소통할 수 있는 지식, 세상을 선도하고 변화시킬 수 있는 지식을 가르쳐야 한다. 지식에 학문이라는 거추장스러운 옷을 입히지 말고 자신을 변화시켜 나가야만 한다. 그렇지 않으면 우리나라의 대학은 여전히 2억 6천만 원짜리 부도 수표를 난발하는 사기전문기관이 될 것이기 때문이다.

근본적인 변화가 시급하다

　　대학에 학문탐구를 위해 가는 학생은 거의 없다. 대부분 취업을 하거나 잘 살기 위해서 간다. 그것도 돈이 없어서 아르바이트를 하고 있다. 졸업이후 상당기간 동안 그 돈을 갚아야 하며, 만약 그 돈을 갚지 못하면 신용불량자가 된다. 이런 상황에서 현실을 외면한 채 학문탐구와 지성의 전당을 논하는 것은 너무나 가혹하고 잔인한 이야기가 아닐까?

　　우리는 밥을 먹어야만 살 수 있다는 사실을 인정해야 한다. 따라서 대학은 현실적인 충족을 가장 먼저 생각하고, 산업계에서 정말 감사할 마음이 들 정도의 인재를 길러내야 한다.

　　수업편제도 그에 맞추어 변화해야만 한다. 교육부의 정책에 따라서 변화가 될 수 없다면 그것을 국가적인 과제로 선정해 공론화하는 작업이 필요하다고 생각된다. 정부도 청년실업이다, 고학력 실업자다 말로만 떠들지 말고 근본적인 처방을 내려야만 한다. 근본적인 처방은 대학을 시대의 변화에 적응하고 선도할 수 있는 곳으로 변화시키는 것이다.

　　대학은 산업계에서 일하는 인재를 제대로 길러내야 한다. 우리나라 산업계에서 흡수될 수 있는지 없는지도 제대로 분석해 노동수요에 맞추어 전략적으로 학생들을 졸업시켜야 한다. 물론 국내에서 흡수될 수 없다면 세계시장을 놓고 학생들에게 지식을 제공해야 한다.

학생들을 가르친다고 생각하지 말고 학생들과 함께 공부한다고 생각하고, 학습의 방법도 바꾸면서 능동적이고 적극적인 인간으로 길러내야 한다.

대학은 절실하게 문제인식을 하고 근본적으로 어떻게 해야 하는지에 대한 고민을 치열하게 해야 한다. 대학교수들은 절박함을 인식하지 못하는 경우가 많다.

그러나 학생들은 바로 피부에 닿는 생존의 문제를 절박하게 느끼고 있다. 학생들이 왜 자살을 하고, 왜 울부짖으며 거리로 뛰쳐나와 시위를 하겠는가? 왜 도서관에서 영어나 법서만 파고 있겠는가? 왜 어학연수를 그렇게 많이 가고 있겠는가? 모두 잘 살기 위한 인간의 본질적인 몸부림이다. 모두 인간답게 살기 위한 투쟁이며 노력인 것이다. 대학은 현실을 직시해야 한다. 더 이상 현실을 외면해서는 안 된다.

세상이 변했고 시대가 변했다. 우수한 인재가 들어오지만 들어오면 평범해지는 곳이 우리나라의 대학이다. 그것은 교수, 교직원, 학생할 것 없이 모두 그렇다. 최고의 인재가 들어와 최악의 인재로 변하는 곳이 우리나라의 대학인 것이다.

대학은 제대로 된 지식을 제대로 전달해야 한다. 학생들의 요구에 맞는 현실적인 교육, 직업적인 교육, 바로 쓰일 수 있는 지식을 전하는 교육, 시장에서 검증된 인사를 데려와 하는 교육, 시장에서 승리할 수 있는 교육을 진행해야 한다.

시장중심의 교육으로 가더라도 현재의 편제 내에서 활용할 수 있는 부문은 있고 또 많다. 방법을 달리하되 본질은 살려나가는 학습을 지향하면 충분히 길이 있다. 시장을 지향하는 교육을 하면 대학이 피폐해진다고 생각하겠지만 그렇지 않다. 인간이 먹고 살기 위해서 하는 공부야말로 가장 진실 되고 가장 경건한 공부이기 때문이다.

지식은 하나의 도구에 지나지 않는다. 인간의 삶을 윤택하게 하기 위한 하나의 도구일 뿐이다. 지식을 적극적으로 활용하고 이용해야지 신神처럼 떠받들어서는 안 된다.

이제는 엄살을 떨면서 공부해서는 살아남을 수 없는 시대가 되었다. 공부를 하더라도 전략적으로 해야 하고, 대단히 치열한 고민을 하면서 해야 제대로 된 삶을 꾸려나갈 수 있는 시대가 되었다.

대학은 변해야 한다. 근본적으로 변해야 한다. 절실히 깨닫고 느껴야 한다. 학생들의 울부짖음을 외면하지 말아야 한다. 대학은 학생들이 자신의 미래를 당당하게 꾸려갈 수 있는 실질적인 힘과 지혜를 주어야 한다.

시대의 변화를 선도하라

시대가 급속하게 변하고 있고, 그에 따라 지식도 빠른 속도로 변하고 있다. 지식의 변화격차는 점점 커지고 있고, 산업계에서 필요한 지식들도 하루가 다르게 변하고 있다. 특히 IT를 중심으로 발생되는 기술격차는 하루가 멀다 하고 변하고 있다.

대학은 끊임없이 혁신하고 변화하는 속에서 바다에서 막 건저올린 고등어처럼 펄펄 살아있는 지식을 전달해야 한다. 그렇지 않다면 사장된 죽은 지식을 전달하는 꼴 밖에 되지 않기 때문이다. 그래서 대학도 끊임없이 공부해야 하고, 교수들도 끊임없이 연구해야 한다.

실험정신은 대학에도 필요하다. 기업경영에서 입증된 경영방식을 채택하는 것도 좋은 방법이다. 이제 대학도 그래야만 할 때가 되었다. 그러나 대학교수들이 그런 일을 잘 할 수 있을까? 불가능한 것은 아니지만 쉽지는 않을 것이다.

현장에서의 직접경험이 턱없이 부족하기 때문이다. 그래서 실제 기업가나 실무가를 초빙하는 것이 필요하다. 많은 토론을 통해 방향을 잡는 것이 필요하다.

대학 강의를 하는 사람을 꼭 박사학위를 소지한 사람에 한정할 필요는 없다. 고객에게 최고의 서비스를 제공하는 즉, 고객에게 가장 바람직한 지식을 전달하는 데 누가 가장 적합 할까는 꼭 말하지 않아도 해답을 알 것이다.

예를 들자면 경영분야에는 빌 게이츠나 스티브 잡스 혹은 이건희를 교수로 초빙하는 것이 바람직하다. 정치 분야라면 오바마 대통령이나 유시민 혹은 고승덕과 같은 분을 초빙하면 좋다. 스포츠라면 김연아, 박지성도 좋다. 영화분야는 현직 영화감독이신 분들을 모셔도 좋다. 창업을 하더라도 세부적으로 갈라질 수 있으므로 그에 맞추어 강의를 하는 것이 좋다.

　기업계의 취업을 생각한다면 대기업체나 중소기업체의 임원들을 모셔와 그분들에게 강의를 하게 하는 건 어떨까? 어쩌면 대리나 과장님도 현실에 적합한 말들을 많이 해 줄지도 모른다. 그분들이 강의를 한다면 기업에서 실제 필요한 지식과 내용들을 정리해 전달하는 것이 될 것이다. 그리고 교수가 강의를 하는 것도 실무에 있던 분들과 의견을 조율하여 교수들이 나름대로 연구를 하여 현실 적합성 있는 지식을 전달하는 건 어떨까? 고민하면 답은 나오게 마련이다.

　지금은 대학교육이 변해야 하는 아주 중요한 과도기에 와 있다. 지금의 때를 잘 맞추면 우리나라는 세계적인 산업 강국이 될 수 있고 세계일류 국가가 될 수 있다. 그러나 이대로 대학생들이 쓸데없는 공부나 하고 있고, 소중한 시간을 낭비만 하고 있다면 대한민국의 미래는 없다.

　학생들이 취업을 하든지 창업을 하든지 무엇을 하든지 간에 스스로 경제적으로 자립할 수 있는 현실적인 교육에 초점을 맞추어야 한다. 그것이 가장 중요하다. 그것에 초점을 두고 모든 노력을 쏟아붓는다면 대한민국의 미래는 분명 크게 달라질 것이다.

대학, 자만심을 버려라

우리나라의 대학은 자만심이 있다. 내가 이만큼 배웠는데 무슨 그런 일을 하느냐, 내가 그런 대접을 받으면서 어떻게 하느냐, 나는 선비이고 양반인데 어떻게 그런 일을 하느냐, 나는 대학교수이므로 이상理想을 논해야 한다는 등의 생각을 가지고 있는 것이다. 그렇기 때문에 대학교수들은 수업시간에 현실에 동떨어진, 낭만적이고 이상적인 이야기를 쏟아낸다.

물론 감수성이 넘치는 20대 초반에 그런 이야기는 너무나 아름답게 들린다. 그러나 실제 우리가 사는 삶은 그렇지가 않다. 물론 일반인들도 교수들과 같은 위치에서 그만한 연봉을 받는다면 자연스럽게 그런 말이 나오는 것은 인간의 본성일 것이다. 그러나 그렇지 않고 매일을 고단하게 살거나 미래가 불투명하다면 입에서는 욕이 나올 것이다.

분명 우리나라의 대학은 그 동안 우리나라의 산업발전을 위해서 많은 노력을 해왔고, 충분히 그 역할을 해왔다. 그러나 시대가 변했음에도 불구하고 과거의 학습방식을 그대로 고수하는 바람에 이런 결과가 초래되었다.

과거에는 지금과 같은 방식대로 가르치고 연구하는 방식이 통했다. 지금하고는 달리 단지 헝그리 정신을 가지고 열심히 하면 통하는 시대였고, 누구든 성실하게만 하면 승진의 사다리를 타고 올라갈 수 있는 시대였기 때문이다.

그러나 지금은 취업을 하기도 힘들고 대부분 미래가 불투명한 시대가 되었다. 시대는 빠르게 변하고 있고, 대학에서 배우는 뒤처진 지식은 이미 필요 없는 지식이 되고 있다. 그 결과 학생들은 쓸모없는 것만 잔뜩 배워 나오고 있다. 결국 학생들은 개인적으로 따로 공부를 해야 한다. 그리고 기업에서는 신입사원을 재교육시키는데 1억이 넘는 비용을 지출하고 있다. 한마디로 대학은 학생에게도 필요없는, 기업에게도 필요없는 존재가 되고 말았다.

그런데 아직까지도 우리나라의 대학은 우리가 최고라는 자만심에 안주해 있다. 서울대학교만 하더라도 세계 평가에는 큰 수모를 당하고 있다. 국내최고라는 자만심에 안주해 모든 일에 태평이다. 서울대가 입시홍보를 하는 경우를 보았는가? 서울대가 시장중심적 교육을 하는 것을 보았는가? 서울대가 교수들이 자발적으로 학생들의 취업과 창업을 위해 세일즈 하는 것을 보았는가?

이제 대학은 자만심을 버리고 고객의 입장에서 생각해야 한다. '사제지간에 무슨 고객이냐?' 라고 생각하겠지만 분명 대학은 학생들로부터 돈을 받고 있다. 그 돈도 쌀 한 말이 아니라 몇백만 원, 몇천만 원을 받고 있다. 장사도 이런 장사가 없다. 돈도 엄청 받으면서 장사가 아니라고 말하고, 사제지간이라고 말하며 대충 서비스를 제공하는 장사는 세상천지에 없다.

사교육도 학생들의 성적을 책임지고 향상시키기 위해서 기를 쓰면서 강의를 하고 있다. 시장의 학원 강사를 한번 보라. 얼마나 치열하게 노력을 하는지를. 그러나 우리 대학교수들은 기를 쓰고 노력하는 모습은 찾아보기 힘들다. 오히려 자신이 최고라는 자만에 빠져 젊은 시절 연구했던 것을 계속 우려먹고 있다. 다시 교수에 임용되기 전, 젊은 시절 헝그리 정신을 가지고 도시락을 싸 와서 먹으며 공부하던 때로 돌아가야 한다.

처음에 대학교수가 될 때에는 긴장감이 분명 넘쳤지만 대학교수가 되고나서는 그런 모습을 찾아보기 힘들다. 그럴 이유가 없어졌기 때문이다. 그렇기 때문에 교수들도 매년 계약을 하는 식으로 상당히 강도 높게 대학에서 인사관리를 해야 한다.

물이 한 곳에만 고여 있으면 썩는다. 제도도 계속 고정되어 있으면 썩게 마련이다. 안정은 곧 퇴보와 위기를 낳는다. 그래서 자연계에서도 태풍이 많은 정화를 시켜 환경보호에 큰 도움이 된다고 하지 않는가?

대학사회에도 태풍이 필요하다. 대학사회에도 허리케인이 필요하다. 이제는 대학교수들을 대대적으로 물갈이하고, 살아 있는 팽팽한 긴장감으로 연구하고 강의하는 모습이 살아나야 한다. 그것이 고객을 위한 길이고, 우리나라를 위한 길이기 때문이다.

대학생들 중에서 교수를 진정한 스승이라고 생각하는 사람은 드물다. 교수는 학생들과 거리가 멀다. 고등학교 때처럼 그리 가깝거나 살갑게 지낼 수 있지도 않다. 이상하게 우리나라 교수들은 거리감을 느끼도록 권위적으로 말을 하기 때문이다.

우리나라의 교수들은 실력으로 가슴을 채워야 한다. 사랑으로 가슴을 채워 따뜻하게 제자를 대해야 한다. 이것이 진정으로 교수 자신과 국가를 위한 길이라고 생각한다.

자만심을 버리고 학생을 고객으로 생각하고 고객을 위해 최선을 다한다는 사업가의 마인드가 교수들에게도 필요하다.

대학이 변해야 한다. 교수가 변해야 한다. 그래야 우리나라 사회가 변할 수 있다. 교수들은 학문을 연구하고 우리나라를 변화시킬 주체들이다. 학생들의 미래를 책임질 최고의 지도자이다. 그 지도자가 잘못돼 있으면 어떻게 나라가 되겠는가? 학생들은 교수들로부터 지식을 전수받는다. 교수들은 치열하게 고민을 하고 학생들에게 제대로 된 미래를 선물하겠다는 다짐을 해야 한다.

교수들은 처음 교수에 임용될 때의 다짐을 떠올리면서 초심으로 돌아가 다시 실무實務와 진짜 지식을 치열하게 연구해야 한다.

이제 대학은 새로운 무기 즉 진짜 지식과 진짜 대안을 가지고 시대와 싸우고 응전應戰해야 한다. 새로운 시대가 되었을 때는 새로운 시대에 적합한 무기로 싸워야 하지 않겠는가?

대학은 미래의 지식을 찾는 힘을 길러 주는 곳

대학은 전 세계를 면밀히 살펴 미래의 핵심적인 지식이 될 것을 찾을 수 있는 힘을 길러 주는 곳이어야 한다.

지금 경제를 좌지우지하는 것은 바로 지식이다. 지식의 힘이 세상의 모든 것을 지배하고 있다. 다양한 부문에서의 경쟁력이 모두 지식에서 나오고 있다. 경영의 힘도, 투자의 힘도, 예술과 문화의 힘도. 지금 세계는 격변하고 있지만 그 중심에는 어김없이 지식이 있다. 결국 변화의 근간은 지식이고, 세상의 대세를 결정짓는 것도 지식이다.

문제는 대학이 세상을 선도할 수 있는 지식을 가르쳐 주지 못한다는 것이다. 지식은 우리가 사용할 수 있어야 하고, 실제 생활에 도움을 주는 것이어야 한다. 사장되어 있는 과거의 죽은 지식은 의미가 없다. 최신의 지식의 흐름을 반영하는 교육이 되어야 한다.

과거의 지식을 전달하더라도 현재에 도움이 될 수 있도록 가르쳐야 한다. 인문학을 강의하더라도 단순히 주입식 암기에 초점을 두는 것이 아니라, 그를 통해 어떻게 우리가 이 난세를 지혜롭게 살 수 있는지에 대한 실전적이고 살아 펄떡이는 지식을 가르쳐야 한다.

지식은 기업의 CEO에게는 힘을 주고, 회사원에게는 미래를 선물한다. 지식은 우리의 모든 것이다. 지식은 우리를 이끌어가는 원동력이자 인류의 위대한 스승이며 인류가 만들어낸 최고의 산물이다.

지금은 자본주의 사회가 아니라 지식사회이다. 지식이 곧 자본이 되는 사회이다. 지식으로 모든 격차가 결정되는 시대이다. 이제 대학은 그 지식을 면밀히 살펴야 한다. 세계를 조망하여 무엇이 필요한 지식인지, 어떤 지식을 가르쳐야 하는지, 어떤 식으로 교육시켜야 하는지에 대해 고민을 철저히 해야 한다. 과거의 방식을 그대로 답습해서는 새로운 미래를 열 수 없다. 획일적 인간을 양산해선 안 된다. 대학은 대학생들이 거친 세상을 제대로 살아갈 수 있는 데 힘을 주는 지식을 제공해야 할 의무가 있다.

대학은 지식을 근본적으로 재정의하고, 그를 학생들에게 전달할 다짐을 해야 한다. 학생들에게 필요한, 졸업 이후에 사용할 수 있는 실질적인 지식을 고민해야 한다.

모든 지식은 부富를 창조할 수 있어야 한다. 실제의 생활을 변화시킬 수 있어야 한다. 어학語學도 마찬가지다. 단순히 어학만 공부하는 것이 아니라 그것과 연계된 새로운 지식을 습득할 수 있어야 한다.

학생들도 대학에서 제공하는 강의를 그대로 따라갈 것이 아니라 비판적으로 강의를 들어야 한다. 강의를 그대로 듣는 것이 아니라 모든 강의를 펼쳐 놓고 효율적으로 선별해서 필요한 강의만을 이용하는 것이 필요하다. 실제로 스티브 잡스는 대학자퇴를 한 뒤 자신이 좋아하는 강의만을 들었다.

대학은 진짜 지식이 무엇인지, 진짜 공부가 무엇인지, 진짜 우리나라의 대학생들에게 필요한 지식이 무엇인지를 고민해야 한다. 그리고 그를 통해 학생들에게 진짜 도움이 되는 진짜 지식을 가르쳐야 한다.

그나마 다행스러운 사실은 전 세계의 거의 모든 대학이 아직 제대로 변하고 있지 않다는 사실이다. 그렇기 때문에 우리가 지금이라도 제대로 변한다면 다른 나라들에 비해 크게 앞서갈 수 있다.

앞으로 국가 간의 경제전쟁은 곧 지식전쟁이 될 것이다. 이것은 지식의 산파産婆역할을 하는 대학이 얼마나 제대로 된 역할을 하느냐에 따라 승패가 결정될 것이다.

우리나라의 대학에 우리의 미래가 달려 있다. 변화는 지금부터다. 마음을 다잡고 무엇을 어떻게 변화시켜야 하는지, 어떤 식으로 변화해야 하는지, 학생들에게 필요한 진짜 지식은 무엇인지, 학생들의 본질적인 경쟁력을 강화하기 위한 방법은 무엇이 있을지 치열하게 고민해야 한다.

아직 늦지 않았다. 우리의 거대한 변화는 바로 지금부터다. 대학의 변화에 희망을 걸어본다. 그리고 응원을 한다. 우리나라 사람들은 그 동안 엄청난 위기를 겪어오며 여기까지 왔다.

지금 우리나라는 많이 힘들다. 그러나 늘 그래왔듯이 우리는 이겨낼 수 있을 것이라고 확신한다. 변화를 위해 뜨겁게 토론하고 문제점을 적극적으로 고쳐나갈 때다. 바로 지금부터 말이다.

아직도 늦지 않았다

우리가 변화해야 될 때 가장 먼저 생각하는 것이, '지금해도 안 되는 것 아니냐'고 생각하는 것이다. 그러나 바로 그때가 가장 빠른 때이다.

변화에 늦은 때란 존재하지 않는다. 나이가 80세가 되어도 변화는 늦지 않은 것이다. 80세가 되어도 앞으로 살아갈 날이 있기 때문이다.

대학의 변화도 마찬가지이다. 절대로 늦지 않았다. 이제 시작이다. 지금은 우리나라뿐만 아니라 전 세계적으로 대학들이 많은 문제가 있다. 지금 다른 나라들도 대학의 문제에 대해 많은 말들을 하고 있다. 그리고 변화를 위한 도전에 대한 의견을 나누고 있다. 그러나 정작 큰 변화를 시도하는 곳은 드물다. 그러나 앞으로는 세계 곳곳에서 그 변화가 목격될 것이다. 변화하지 않고서는 더 이상 버틸 수 없는 현실에 직면할 것이기 때문이다.

지금 대학이 변하지 않는다면 우리나라의 대학은 대부분 미달 사태를 초래할 것이다. 실제로 대학을 나와서 아무런 의미를 만들어 나갈 수 없다면 비싼 돈을 들이고 4년이라는 시간을 낭비할 이유가 없기 때문이다. 사람들은 그렇게 무지하지 않다. 특히나 자신의 미래가 달린 일에는 더욱 더 그렇다.

학생들은 학자금을 갚기 위해 죽어가기도 하고, 40세까지 빚에 저당 잡혀 살아가기도 한다. 그리고 대학을 나와도 취업을 장담할 수 없고, 취업을 하더라도 좋은 직장에 가지 못할 확률이 높다. 그런 상황에서 빚을 진다는 것이 쉽게 용납이 되겠는가? 빚이 없어도 먹고 살기 힘든 상황인데 말이다.

현실은 상당히 심각하다. 그래도 교수들은 우리나라의 희망이다. 교수들이 최선을 다해서 변해야 하고, 그런 뒤 학생들을 이끌면 분명 우리나라 사회는 크게 변할 수 있다. 일자리가 우리나라만 있는 것이 아니기 때문에 우리나라 경제가 어렵더라도 세계를 보고 곳곳의 기회를 만들어 나간다면 분명 어려움을 타개할 수 있다.

분명 기회는 있다. 세계 곳곳에 있다. 우리나라가 어렵다면 해외로 나가면 된다. 그렇게 준비하고 가르치면 된다. 그리고 그곳에서 최고로 인정받을 수 있도록 제대로 된 지식을 제대로 가르치면 된다.

이제 대학은 하나의 직업훈련소이자 직업교육센터가 되는 것이다. 대학은 본래 대학의 역사적 기원起源을 돌아가는 것이다. 물론 대학의 역사를 살펴보면 대학이 교양교육으로 흘러간 적도 있지만, 이제는 시대가 이렇게 변한 만큼 유연하게 변해야 한다. 언제나 시대의 변화에 따라 유연하게 움직이는 것이 필요하지 않겠는가?

지금이라도 늦지 않았다. 치열하게 고민하고 실천하면 길이 있다. 우리나라는 아직 그렇지 않지만 세계 곳곳을 보면 뛰어난 직업학교들이 많다. 그런 곳을 벤치마킹하는 것도 필요할 것이다. 실제 대학의 방향이 그런 방향이 되어야 하기 때문이다. 물론 100% 그렇게 되어야 한다는 것은 아니나 적어도 학생들을 가르치는 면에서는 직업적인 전문가를 만들어 주어야 한다.

"빵이 아니면 죽음을 달라!"고 외치며 일어났던 1789년의 프랑스 대혁명을 떠올려본다. 아무리 고상해도 빵이 없으면 죽음을 맞이할 수밖에 없다. 세계 정치사의 한 획을 그었던 프랑스 대혁명도 결국은 배고픔 때문에 발생한 것이었다. 배고픔을 달래 주어야 한다. 실질적인 생활에 도움이 되는 공부를 가르쳐야 한다. 단지 취미생활을 하기 위해서, 단지 재미있게 놀기 위해서 공부를 하는 것은 아니지 않는가? 이제는 진짜 지식, 진짜 공부, 진짜 대안을 논하고 가르치는 대학이 되어야 한다. 반드시 탈바꿈해야 한다. 이것은 아무리 강조해도 지나치지 않다.

지금은 대학에 대한 정의가 극도의 혼돈에 빠진 과도기이다. 그러나 이 과도기를 슬기롭게 잘 넘긴다면 또 다른 번영의 시대를 구가할 수 있을 것이다.

패러다임의 격변기인 지금, 대학은 시대의 패러다임을 제대로 읽어내는 작업부터 해야 할 것이다. 그리고 그를 통해 대학의 미래를 제대로 설계해야 할 것이다.

대학의 미래는 곧 우리 모두의 미래이다. 대학에서 제대로 학생들을 길러내면 우리 모두는 웃을 수 있다. 대학을 졸업하고 웃을 수 있다면 대학생은 불안하지 않고 웃을 수 있다. "아프니까 청춘이다"가 아닌 "즐겁고 행복하니까 청춘이다"가 되는 것이다.

대학생이 웃으면 가정이 웃을 수 있고, 가정이 웃으면 대한민국이 웃을 수 있다. 웃을 수 있는 미래를 만드는 힘은 이제 대학의 변화에 달려 있다. 지금이라도 늦지 않았다. 최선을 다해서 고민하고 변화한다면 새로운 미래를 찬란하게 열어나갈 수 있을 것이다.

Part 2

맙 소 사 , 아 직 도 대 학 이 라 니

새로운 시대를
리드할 수 있는
성공법

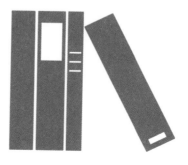

제1장
Know myself, 나는 지금
어디쯤 와 있는가!

제2장
달라야 달라진다!

제3장
대안은 있다!

제4장
당신을 반드시 리더로 만들어 줄
24가지 어드바이스

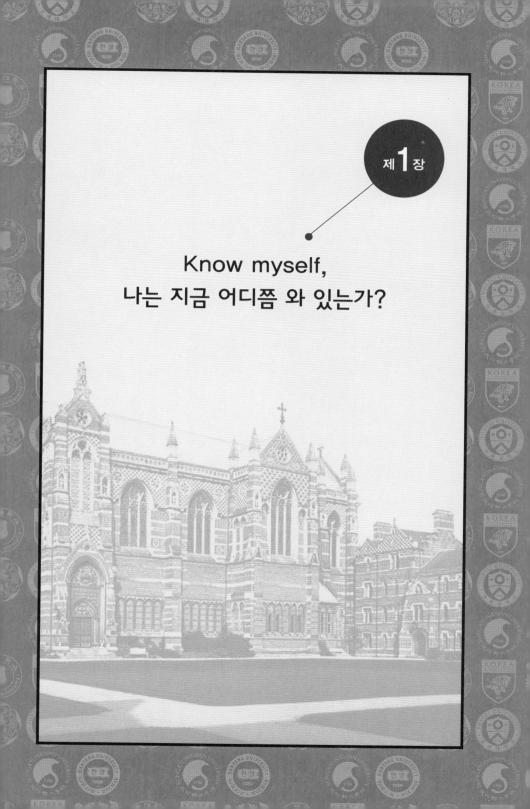

제 **1** 장

Know myself,
나는 지금 어디쯤 와 있는가?

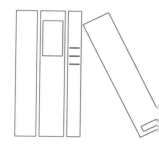

나는 이상민이다

이 책을 읽는 분들은 필자의 이름을 모르는 분들은 없으실 것이다. 여기서는 필자의 이름을 강조하기 위한 것이 아니다. 이 책을 읽으시는 여러분들의 이름이 이상민 대신 들어가야 한다는 것을 말하기 위함이다.

나는 언제나 이상민일 뿐이다. 대학졸업장이나 현재의 직장에서의 지위는 입고 있는 옷과 같을 뿐이다. 옷은 벗으면 그만이다. 결국 나는 오직 이상민일 뿐, 그 외의 것들은 나를 제대로 설명할 수가 없다.

우리 모두에게는 이런 의식이 필요하다. 그러나 우리들 대부분은 출신대학이 자신을 설명한다고 생각한다. 그리고 지금 다니고 있는 직장이, 혹은 가진 재산이 나를 설명한다고 생각한다.

그렇다면 지금 당장 내가 초라하다면 나는 초라한 사람이라는 것인가? 나의 미래는 분명 내가 하기에 따라 극적으로 달라질 것이다. 내가 현재 입고 있는 옷이 아니라, 지금 내 가슴의 온도에 따라 나의 미래는 달라지는 것이기 때문이다. 결국 나는 언제나 이상민일 뿐이다. 가난해도, 부자여도 나의 본질은 변하지 않는다.

우리 모두에게는 그런 의식이 필요하다. 삼류대를 나왔든, 일류대를 나왔든, 일용직을 하든, 일류기업에 다니든 그런 건 관계없다는 말이다. 각오만 있다면 노숙자에서도 수백억대 정도의 부자는 거뜬히 될 수 있다.

실제로『지구를 흔든 남자』의 저자 강신기도 서울역에서 노숙자를 하다가 수백억대의 부자가 되었고,『구글을 넘어 OK를 외쳐라』의 저자 가네모토 가네토도 잠시 노숙자 생활을 했었다.

언제나 '본질'을 봐야 한다. 자신이 결코 삼류대로 정의되지 않음을 명심해야 한다. 자신은 결국 자신의 가슴으로 결정되는 것임을, 자신의 의지대로 결정되는 것임을 굳게 믿어야 한다.

자신이 입고 있는 옷이 자신이라고 믿는 어리석음을 절대로 범하지 말기를 진심으로 권한다.

나는 이상민일 뿐, 그 무엇도 나를 설명할 수 없다! 여러분도 반드시 그래야만 한다.

그대에게 묻는다

많은 대학생들이 새벽 6시에 일어나 저녁 12시에 잠들기까지 취업공부에 몰두한다. 그러면서도 늘 불안해한다. 그러나 나는 절대 불안해하지 말라고 하면서 이렇게 묻는다.

1) 당신이 이렇게 열심히 하는 궁극적인 이유는 무엇인가?
2) 당신이 취업을 하려는 궁극적인 이유는 무엇인가?
3) 지금 그렇게 열심히 하면서도 불안해하는 이유는 무엇인가?

4) 취업이 안 될 것이라고 생각해서 불안한가 아니면 소위 안정적으로
   보이는 공기업이나 대기업에 취업이 안 될 것을 염려해서 불안한가?

5) 당신은 우리들의 경쟁이 입사가 되면 끝나리라 보는가?

6) 당신은 중소기업에 취업이 되면 인생이 끝난다고 생각하는가?

7) 당신은 40대 이후의 퇴직을 아직까지도 남의 이야기로만 생각하는가?

8) 당신은 대기업에 취업을 하면 임원이 반드시 될 수 있다고 생각하는가?

9) 나는 창업을 하는 것보다 회사원이 되는 것이 10년 후에는 리스크가
   더 크다고 생각한다. 당신의 생각은 어떤가?

10) 나는 당신이 새벽 6시부터 밤 12시까지 공부하는 열정을 적어도 20
    년 이상은 유지해야 한다고 생각한다. 당신의 생각은 어떤가?

11) 나는 중소기업이든 대기업이든 입사 3~10년이 지난 후부터 퇴직을
    하게 되고 그 후부터 본격적으로 진짜 인생이 시작된다고 본다. 당
    신의 생각은 어떤가?

12) 나는 입사할 때부터 창업을 염두에 두고 하거나 아예 처음부터 창업
    을 하는 것이 바람직하다고 생각한다. 당신의 생각은 어떤가?

13) 나는 "누구든지 창업을 반드시 해야만 한다."는 시대의 대세를 당신
    이 거스를 수는 없다고 생각한다. 그리고 이런 정신자세를 가지고
    있는 사람은 역설적으로 기업에서 승진사다리의 꼭대기에 서게 된
    다고 생각한다. 당신의 생각은 어떤가?

14) 그러나 그럼에도 불구하고 세상의 일은 누구도 확신할 수 없으므로
    오직 자신의 실력만을 믿는 사업가의 길로 나가야 한다. 당신의 생
    각은 어떤가?

15) 단 한 번뿐인 인생이므로 자신의 확신과 만족이 삶을 살아가는 기준으로써 가장 중요하다고 생각한다. 당신의 생각은 어떤가?

지금 우리나라의 2,30대에게 필요한 것은

지금 우리나라의 2,30대에게 필요한 것은 좋은 스펙Specification이 아니다. 무엇보다 필요한 것은 많은 사람들이 가는 길을 무작정 따라가는 것이 아닌 '스스로가 생각하고 판단하고 결정하는 힘', '자신의 생각과 판단을 어떤 어려움이 있더라도 밀어붙이는 용기', 성공이라는 결과가 나올 때까지 계속 도전하는 끈기와 집념 그리고 열정' 이라고 할 수 있다.

나는 지금 이 시대의 정답을 이렇게 생각한다. 첫째, 나만의 인생, 누가 뭐래도 나만은 후회하지 않을 인생을 살아야 한다. 둘째, 나의 본질적인 면을 발견해야 하고 그것을 사업화시켜 살아야 한다. 셋째, 어떤 어려움이 있더라도 계속 도전을 해서 기회를 만들어 내야만 한다. 넷째, 블루오션으로 계속 이동하여 경쟁을 최대한 피해 최고의 성과를 거두어야 한다.

30대는 가장 파괴적이고 혁명적인 시기이다. 일반적으로 세계적인 기업가들은 30대 중반에 결정적인 일들을 펼쳤다. 미국의 빌 게이츠도, 스티브 잡스도, 일본의 마쓰시타 고노스케도 그랬다. 20대와 30대 초반에는 실력을 쌓고 30대 중반을 넘어서는 기업의 사장이 되는 것은 세계적인 CEO들의 일반적인 모습이다.

30대는 그 동안 폭발적으로 쌓아온 '실력', 체력이 뒷받침됨으로써 파급력이 극대화되는 '열정', 자기 자신의 생각마저 과감히 부정하고 파괴할 수 있는 '유연성', 어떠한 어려움이 있더라도 밀어붙이는 '두둑한 뱃심'이 있기 때문에 최고의 결과를 낼 수 있다.

그러나 우리나라 기업에서 30대의 현실은 그렇지 않다. 사장은커녕 임원조차 되지 않는 경우가 99.9%이다. 그래서 나는 직장에서 근무를 하든 사업을 하든 30대가 된다면 자기 스스로가 자신의 파괴성과 혁명성을 살려나갈 수 있도록 준비하고 노력해야 한다고 말하고 싶다.

어설픈 모범생보다는 창의적인 반항아가 돼라

시바 료타로의 소설 『료마가 간다』에서 사카모토 료마는 "해적은 해군의 모범이다. 해적은 해군의 첫걸음이다. 크게 유념해야 하며 결코 소홀히 보아서는 안 된다."라는 말을 했다. 또 같은 책에서 료마는 타케치 한페이타에게는 이런 말도 한다. "자네는 산적이 되게. 나는 해적이 되겠어. 산과 바다가 호응하여 세상을 흔들어 놓으면 천하의 지사들이 모여들고, 그렇게 해서 무력만 확보하면 도사한도 자연히 따라오게 돼. …… 한의 체제를 붕괴시키지 않는 이상 어떤 일도 할 수 없다고 생각해. 후다이이니 격식이니 하는 것만으로 움직이는 무사의 조직으로는 아무 일도 하지 못해."

이것은 스티브 잡스도 유사한데 월터 아이작슨의 저서 『스티브 잡스』에서 잡스는 이렇게 말한다. "해군이 되느니 해적이 되는 게 낫다." 스티브 잡스는 정해진 규칙에 순응하느라 단 한 번뿐인 인생을 놓쳐 버리는 어리석음을 범하길 원치 않았다. 그는 가슴이 원하는 대로 살기 위해서는 때로는 반항이나 도적, 순종 거부자로 살아야 함을 통찰했다. 그는 자신의 진정한 삶과 꿈을 위해서는, 한 번뿐인 삶, 후회하지 않기 위해서는 세상의 기준이 아닌 자신의 기준을 세우는 것이 중요하다는 것을 깨달았다. 규정받는 것이 아니라 규정하고, 순종하는 것이 아니라 반항하며, 정도로 뚜벅뚜벅 가는 것이 아닌 지름길로 단박에 가는 것을 잡스는 원했고, 그러기 위해서는 해적이 되어야 한다고 생각했다. 그래서 그는 해적이 되고자 했고, 애플사의 직원들에게도 해적이 되기를 당부했다.

료마와 잡스는 시대의 영웅들이다. 이들은 해군이 되기보다는 해적이 되겠다고 생각하며 살았다. 정해진 규칙을 과감히 깨고, 반항하면서 자신만의 규칙으로 산 그들은 '해적'이었다. 그들은 남들이 보기에는 이해하기 힘들었고, 또 한편으로는 위험하기까지 한 길을 걸어갔다.

잡스의 마약을 한 행위나 심한 장난으로 정학을 당한 것, 대학 자퇴, 무례한 말과 행동, 소송행위 등은 전통적인 가치를 준수하는 해군 행위가 아닌 자신만의 가치대로 사는 해적행위라고 볼 수 있다.

이것은 사카모토 료마도 비슷한데 실제로 료마가 행한 탈번脫藩

은 사형에 준하는 벌을 받을 수 있었다. 료마에게서는 해적의 사고 방식이 상당히 보이는데『료마가 간다』에서 료마어록을 보면 다음과 같다.

"마음이 약한 자는 선善이 많고 마음이 강한 자는 악惡이 많다.", "세상의 인민을 어떻게 하면 모두 죽일 수 있는지 연구하라. 가슴 속에 그러한 기세를 지니고 있으면 천하를 주름잡을 수 있다.", "세계를 죽이고 살리는 것은 자기 자신이라 생각하라.", "사람에게 상처를 입힐 때는 상대를 인간이라 생각하지 마라. 인간이라 생각하면 주눅이 들어 머뭇거리게 되니 짐승을 죽이는 것처럼 편안한 마음을 가져라.", "세상에 살아 있는 것이 모두 중생이라면 그 어떤 것에도 상하가 있을 수 없다. 세상에 살아 있는 동안에는 모두 스스로를 최고로 생각해야 한다."

『료마가 간다』를 보면 료마의 수첩에 이런 말도 적혀 있다.

"악인의 영혼에 기원하면 우리에게 지혜를 준다. 또 석가, 알렉산더, 도요토미 히데요시, 진시황도 마찬가지다. 이렇게 하면 책략이 샘솟듯이 한다.", "박정薄情의 길, 몰인정沒人情의 길을 잊지 말아야 한다.", "의리 따위는 꿈에도 생각지 마라. 몸을 오그라들게 할 따름이다.", "천하의 모든 것에는 그 주인이 있게 마련이어서, 돈 한 푼을 훔치면 도적이라 불리고 사람 한 명을 죽이면 다른 사람이 또 나를 죽인다. 지진이 일어나면 가옥 수만 채가 파괴되고 홍수가 나면 수억의 생령生靈이 저승으로 간다. 이것을 천명이라 하고 두려워해서는 절대로 안 된다. 인륜이란 원래 도량이 좁아 큰 그릇이 되지 못하는 데에서 나온다. 그러므로 세계를 움직이고자 하는 사람이라면 가슴속에서 이 마음을 몰아내야 한다.", "뭇 사람들이 모두 선을 행하거든 자기 홀로 악을 행하라. 천하의 일은 모두 그러하다."

우리는 이제 해적이 되어야 한다. 정해진 규칙대로, 남들이 하라는 대로 살다간 가장 실패하는 인생이 될 수 있다.

세상에 뚜렷한 족적足跡을 남기고, 자신의 뜻대로 세상을 살려면 규칙은 오직 자기 자신만이 정해야 한다. 그것은 때로는 위험하고, 때로는 파격적일 수도 있으며, 때로는 사회의 큰 폭풍을 몰고 올 수도 있다. 그러나 절대적인 법칙은 없음을 알고 자신만의 머리로 미래를 설계해 나가야 한다.

공부의 목적

공부는 도대체 왜 하는 것일까? 나는 공부는 세계라는 경제전쟁터에서 혼자 힘으로 살아남기 위해서 하는 것이라고 생각한다. 공부는 혼자 힘으로 살아남기 위하는 것이 본질적인 목적이다.

공부는 단지 취미로 하는 것이 아니다. 보다 나은 삶을 설계하기 위한 목적에서 하는 것이다. 그리고 공부로 인해 먹고사는 문제가 해결되어야 한다. 그렇기 때문에 단순히 교양적인 학문은 진짜 먹고 살 수 있는 데 확실한 힘을 주는 지식을 쌓고 난 다음에 진행되어야 한다. 그리고 단지 즐거움을 위해 책을 읽거나 미디어를 보는 것은 맨 마지막이 되어야 할 학습이다. 결국은 학습의 순서는 이렇게 되어야 한다.

① 먹고사는 데 확실한 힘을 주는 학습→② 인간다운 삶을 살기 위해 교양을 쌓는 학습→③ 현실의 스트레스를 단번에 날리게 할 수 있는 놀이적인 학습

이 순서가 잠시 바뀔 수는 있겠지만, 근본목적이 흔들려서는 안 된다. 현재의 대학은 공부를 생존능력을 배양하는 것에 초점을 두고 가르치고 있지 않다. 대학은 지금 단지 학문을 위한 학문에 더 초점을 두고 있다. 당장 쓰이지도 않을 것을 형이상학적으로 가르치고 있고 연구하고 있는 것이다.

이제는 대학이든 대학생이든 공부하는 목적에 대해서 새롭게 정의를 내려야 한다. 그냥 공부하는 척만 해서 먹고살 수 있는 시대가 아니다. 본업本業에 진짜 도움이 되는공부를 해야 하는 시대, 실용적인 지식이라도 자신이 필요한 부분만을 섭렵해 나가야 하는 시대가 되었다.

더불어 최고 인재의 기본상도 바뀌어야 한다. 즉, 어떤 상황에서든 자신만의 지식을 통해 살아남을 수 있는 능력을 표현할 수 있고, 그를 통해 한 국가의 먹거리를 책임질 수 있는 사람으로 정의를 내

려야 하는 것이다.

　너무 물질적인 것만 이야기 하는 것 아니냐고 이야기를 할지 모르겠다. 그러나 몇 번을 이야기하지만 먹고사는 문제가 해결이 안 되면 그 다음은 없다.

　『맹자孟子』에서는 "떳떳한 생업이 없으면 일정한 마음이 없다(無恒産, 因無恒心[무항산, 인무항심])"는 말이 나온다. 『고시원古詩源』을 보면 이런 말도 나온다. "인생은 도가 있는 곳으로 돌아가지만 옷과 음식이 본래 그 단초이다(人生歸有道 衣食固其端[인생귀유도 의식고기단])." 또 이런 말도 나온다. "풍년이 들면 청렴하고 양보하는 미덕이 많아지고, 흉년이 들면 예절이 줄어든다(年豊廉讓多 歲薄禮節少[연풍렴양다 세박예절소])." 『사기史記』에서도 "의식이 풍족하면 영예와 치욕을 안다(衣食足而知榮辱[의식족이지영욕])."는 말이 나온다. 『묵자墨子』에서는 "공자는 고기의 출처를 물어 보지도 않고 먹었다(孔某不問肉之所由來而食[공모불문육지소유내이식])."는 말이 나오고, 『순자荀子』에서도 "부족하면 반드시 싸움이 일어난다(寡則必爭矣[과즉필쟁의])."는 말이 나온다. 『논어論語』에서는 "가난하면서 한탄과 원망이 없다는 건 어렵다(貧而無怨難[빈이무원난])."는 말이 나온다." 『문장궤범文章軌範』에서는 "백성이 가난하면 나쁜 마음이 생긴다(民貧則姦邪生[민빈즉간사생])."는 말이 나온다. 『조터 감구시曹攄 感舊詩』에는 "부귀하면 남도 모여들지만 가난하면 친척도 떠나간다(富貴他人合 貧賤親戚離[부귀타인합 빈천친척리])."는 말도 나온다.

인간의 삶의 뿌리는 경제이며, 인류의 역사도 핵심은 경제에서 출발한다. 일단 가난하면 다음은 없다. 가난하면 결혼도 할 수 없고, 친구도 심지어 친척도 다 떠나간다. 인의仁義나 예의禮意를 차릴 수도 없고, 마침내는 인간의 존엄성마저 상실하게 된다.

인류의 역사를 한번 살펴보자. 역사의 등뼈가 전부 경제로 구성되어 있음을 절실하게 알 수 있다. 국가 간의 전쟁의 이유도 99% 경제 때문에 발생하는 것이다. 경제적인 문제가 해결되지 않으면 그 무엇도 없다.

최고인재 즉, 영웅은 모든 사람들을 먹는 문제에서 해방시켜 줄 수 있는 사람이다. 최고인재는 최고의 기업을 세워 많은 사람들에게 일자리를 주는 사람이다.

최고인재는 자신의 실질적인 능력으로 부가가치를 생산해 많은 세금을 내고, 많은 기부를 하는 사람이다. 최고인재는 자신의 지식을 새로운 가치로 치환시켜 많은 사람들에게 실질적인 혜택을 주는 사람이다. 이제 최고인재는 지식을 어떻게 활용하여 그것을 실질적인 부富로 치환시킬 수 있느냐로 결정해야 할 것이다.

이제는 공부하는 이유를 제대로 알아야 한다. 이제는 그 본질적인 목적을 알고 공부를 해야 한다.

본질을 놓치면 미래를 열어나갈 수 없다. 인생의 궁극적인 목적인 행복을 생각해야 한다. 행복하기 위해서는 가난하지 말아야 한다.

가난은 인간의 존엄성을 극도로 파괴하는 무서운 적敵이기 때문이다. 가난은 겪어 본 사람만이 알 수 있다. 가난은 무서운 것이다. 집안에 온갖 분란을 일어나게 하고, 비참한 삶을 강요하기 때문이다.

인간이 더 이상 인간일 수 없는 삶을 살게 하는 것이 가난이다. 인간의 욕망을 버려야 하는 삶을 강요하는 것이 가난이다. 그래서 가난하지 말아야 하고, 자신의 업業에서 목숨을 걸고 승부를 해야만 한다.

이제 우리는 본질적인 경쟁력을 지니고 나가야 한다. 그 길은 오직 지식을 최고로 활용하는 길 뿐이다. 지식사회가 된 지금은 오직 지식만이 미래를 열 수 있는 키가 되기 때문이다.

공부를 하는 이유를 늘 생각하며 공부를 해야 한다. 무작정 열심히 하는 것이 아니라 방향과 전략을 생각하면서 열심히 해야 하고, 늘 목적이라는 좌표를 잊어버려서는 안 된다.

내 지식을 활용해 나의 생존능력을 높이고, 그를 통해 나와 세상을 번영케 한다는 생각을 가지고 살아야 한다. 이제는 그 기본목적을 생각하면서 공부를 해야 한다. 그것이 진짜 공부이고 진짜 삶을 살아갈 수 있는 진짜 방법이기 때문이다.

세상의 규칙? NO! 자신만의 규칙!

많은 사람들이 세상의 규칙에 순응하며 산다. 어릴 때야 부모님이 주는 돈으로 생활을 하기 때문에, 또 혼자서 사고할 능력이 되지 않기 때문에 어려움이 있다고 하더라도 나이가 들어서는 달라져야 한다.

과거에는 남들이 가는대로만 가도 먹고사는 데 문제가 없었다면, 지금은 전혀 아니다. 대학입학도 마찬가지고, 기업입사도 마찬가지다. 이전에 믿어왔던 규칙들이 모두 무덤 속으로 들어가고 있다. 따라서 오직 자신의 머리로만 판단하고 밀어붙이는 것이 필요하다.

누군가 나에게 "그렇다면 믿을 수 있는 건 무엇인가요?"라고 묻는다면 "오직 자신의 신념뿐!"이라고 답하고 싶다. 서울대 졸업장도, 일류기업도, 공직도, 전문직도 더 이상은 안정적이지 않다.

세상의 수많은 사람들이 가는 길이 과거에는 안전한 길이었지만 이제는 오히려 더 위험한 길이 되었다. 따라서 남들이 뭐라고 하든 말든 자신의 길을 정했다면 단호히 걸어갈 수 있는 배짱과 용기가 절대적으로 필요하다.

이제는 반항아, 부적응자, 괴짜가 되어야 한다. 지금은 이 시대의 규칙에 깽판을 치면서 살아야 할 때가 되었다. 그러면서 이 시대의 물결대로 그저 무비판적으로 흘러가는 것이 아니라, 방관자가 아니라, 자신이 무언가를 만들 수 있는 사람이 되어야 한다. 세상에 축제가 벌어지고 있다면 그 축제를 구경하는 사람이 아니라 그 축제를 만드는 사람이 되어야 한다. 자동차 운전면허증을 따는 사람이 아니라 자동차를 만드는 사람이 되어야 하고, 페이스북 사용설명서를 볼 게 아니라 페이스북을 만드는 사람이 되어야 한다.

남들과 다르게 가는 길, 자신만의 생각을 철저히 따르는 길, 구경꾼이 아닌 무대 연기자가 되는 길을 찾아야 한다.

선입관 VS. 유연한 사고

지금 이 시대의 규칙은 없다. 따라서 사고가 유연해야 한다. 모든 것을 흡수하고 재처리 할 수 있는 능력이 필요하다는 말이다. 어떤 지식을 배운 뒤 그것이 확고한 진리라고 믿어서는 안 된다. 그러면 선입관이 생기게 되고, 사물을 부정확하게 해석하게 된다.

언제나 머릿속을 비우고 새로운 지식을 자신의 것으로 만들 준비를 해야 한다. 그래서 사소한 것 하나라도, 작은 가르침 하나라도 크게 확장시킬 수 있는 준비를 하면서 살아야 한다.

스티브 잡스는 이 시대 최고의 영웅이다. 인문학과 과학기술의 교차점에 섰기 때문에 가능한 일이었다.

유심히 살펴보면 누구나가 이런 기회의 교차점에 있음을 알 수 있다. 음식을 만드는 사람도 잘 하면 세계적인 브랜드로 도약할 수 있다.

기업도 세계적인 트렌드를 정확히 파악하고 경영하면 10년 내에 매출 10조원대의 기업으로 도약할 수 있다. 이것은 절대로 허풍이 아니다. 실제로 지금 IT업계에서 벌어지고 있는 일이다. 이 세상은 모든 것이 커다란 기회가 될 수 있다. 사고가 열려 있다면!

일본에 가서 새로운 것이 나왔나 살펴보는 것도 좋다. 일본은 우리나라의 트렌드보다 반보半步 앞서가는 경향이 있어서 그 속에서 신상품을 가져와 우리나라에 런칭launching을 하면 의외의 기회가 생길 수 있기 때문이다.

실제로 우리나라에 있는 많은 히트 상품들이 해외에서 가져온 것이다. 세계적인 각종 프랜차이즈들은 해외에서 가져온 것이고, 심지어 인터넷업계에서도 벤치마킹으로 이루어진 게 있다.

모든 진보는 이전 시대를 산 거인巨人들의 어깨를 빌려서 이룩한 것이다. 또한 동시대를 살고 있는 위인偉人들의 어깨를 빌려서 이룩할 수 있음을 믿어야 한다.

그렇다. 모든 건 기회가 될 수 있다. 나의 사고가 열려 있고 유연하다면! 언제나 열린 사고를 지향해야 큰 기회를 발견할 수 있다. 시대의 흐름과 나의 개성이 절묘하게 합일合—되면 신화가 될 수 있음을 다시 한 번 명심해야 한다.

영웅은 타고나는 것이 아니다

어렸을 때 두각을 나타내지 못했던 영웅들은 많다. 일본의 최고 영웅인 사카모토 료마는 12살이 되어서도 오줌을 싸는 버릇이 고쳐지지 않아 '오줌싸개 사카모토'라는 놀림을 받았다. 그는 친구들과 쓰키야시키(동네 이름)의 강가에서 놀다가 종종 울면서 돌아오기도 했는데 그 거리가 무려 약 109미터에 달했다. 그래서 료마는 '울보 사카모토'라는 말을 들어야 했다. 심지어 그의 아버지가 구스야마 학원(사립학원)에 보냈을 때는 그곳에서 쫓겨나기까지 했다. 한마디로 '저능아'라서 가르칠 수가 없다는 것이었다.

인류사人類史에 거대한 획을 그은 에디슨 역시 초등학교에서 쫓겨

났다. 그 후 그는 어머니에게서 배우고, 독학獨學을 통해 놀라운 업적을 달성하게 된다.

최고의 과학자 중 한 명인 아인슈타인 역시 학교에서는 크게 인정받지 못했던 인물이다. 그러나 상대성 이론을 발표하여 과학계를 발칵 뒤집게 된다.

스티브 잡스는 고등학교 시절 마약을 복용하기도 했고, 심한 장난으로 정학停學을 당하기도 했다. 또 리드대학Reed College에 가서는 필수과목을 모두 수강하기 싫어서(물론 경제적인 이유도 작용했지만) 자퇴를 했다. 그 후 그는 캘리그래피calligraphy 수업과 같은 좋아하는 과목만 수강을 한 후 사업을 시작했다.

실제로 인류사에 뚜렷한 두각을 나타낸 인물들 중에 학교교육에서는 전혀 인정받지 못했던 사람들은 의외로 많다. 그러나 우리는 어릴 때 학교에서 공부를 못 하면 그 사람을 별 볼일 없는 사람으로 여긴다. 대학에 진학을 하지 않으면 그 평가는 더 하다.

그러나 과연 그럴까? 역사는 우리에게 말하고 있다. 어릴 때 두각을 전혀 나타내지 못했음에도 역사의 한 획을 그을 수 있다고!

인생에는 명제가 있다

사람의 일생에는 누구에게나 반드시 해야 할 일이 있다고 믿는다. 나는 힘든 일을 하고 계신 분들, 소위 너무 괴로워서 죽고 싶다고 말하는 분들을 보면서 그래도 신께서 그분들을 살게 하시는 건 그만한 이유가 있기 때문이 아니겠느냐고 생각한다.

실제로 인간에게는 일생의 명제命題가 있다고 믿기 때문이다. 사람은 누구나가 다른 사람에게 도움이 되는 삶을 살아간다.

청소부를 하시는 분들은 우리의 삶에 큰 도움을 준다. 벼농사를 짓는 분들은 당장 우리의 식생활을 책임지신다. 지금 나는 컴퓨터로 글을 쓰고 있는데 PC를 생산하시는 분들도 내게는 큰 도움을 주시는 것이라고 할 수 있다.

우리는 남의 도움이 없이는 단 하루도 살아갈 수 없다. 그렇다면 이렇게 생각할 수 있다. '우리 모두는 남에게 도움이 되는 일을 하고 있다!' 이 말은 진실이다.

우리는 거의 예외 없이 모두에게 도움이 되는 삶을 살아가고 있다. 그렇다면 일을 할 때 조금 더 제대로 일을 해야 되겠다는 생각이 들 것이다. 다른 사람에게 도움이 되고, 잘못하면 다른 사람에게 피해가 가는데 어찌 신경을 쓰지 않고 할 수 있겠는가!

우리는 생각을 해 보아야 한다. 나는 무엇으로 다른 사람에게 도움을 줄 것인지를. 그리고 내 일생의 명제는 무엇인지를.

인생은 너무 짧다. 불과 30년 정도밖에 제대로 일하지 못한다. 그 시간을 어떻게 보내야 내가 행복하고 타인도 행복하게 만들 수 있을까? 신중히 결정하고, 결정을 했다면 불같이 활활 타올라야 한다.

인생은 결국 과정이다. 30년간 짐승같이 고생하고 30년 이후에 하루 동안 잠시 행복한 게 아니라, 매일 행복하게 살면서 끝도 행복한 삶이 인생이다. 과정의 비율은 99.9%이고, 결과의 비율은 0.1%이다.

고교시절 대학합격을 위해 노심초사하는 기간은 3년이고, 합격일은 하루이다. 대학시절 취업을 위해 노심초사하는 기간은 4년이고, 합격일은 하루이다.

우리는 과정에서 행복해야 한다. 그러기 위해서는 자신의 인생명제를 발견하고, 그것에 미치는 것이 절대적으로 필요하다.

정답은 창조하는 것

애플사의 스티브 잡스는 앨런케이Alan Curtis Kay가 말한 "미래를 예측하는 최고의 방법은 스스로 미래를 창조하는 것이다.", "소프트웨어를 중요하게 여기는 사람은 스스로 자신의 하드웨어를 만들어야 한다."는 말을 마음속 깊이 존중한다.

그렇다. 정답은 창조하는 자의 것이다. 우리는 그 동안 과거의 정답을 배우는 것에 전념해왔다. 그러나 과거의 정답은 우리에게 그 어떤 미래도 약속하지 못하고 있다. 과거의 지식을 암기한 사람은 고학력 실업자가 되고 있고, 기업으로부터 외면 받고 있으며, 자신의 미래조차 창조하지 못하고 있다. 이제는 과거의 지식을 토대로 자신만의 새로운 정답을 창조하지 않으면 안 되는 때가 된 것이다.

그렇다면 과거의 정답이란 무엇이고, 자신만의 새로운 정답이란 무엇일까? 과거의 정답이란 과거의 지식을 말한다. 과거 위대한 선인들의 지식과 지혜를 말하는 것이다.

자신만의 정답이란 무엇일까? 자신이 가지고 있는 위대한 선인의 지식과 지혜를 자신의 독특함과 결합해 새로운 지식으로 창조해 그를 통해 실질적인 결과를 얻는 것을 말한다. 즉 시대적인 흐름에 지식과 자신의 독특함을 결합해 자신만의 길을 창조하는 것이다.

말은 쉽지만 결코 쉽지만은 않다. 먼저 엄청난 지식이 있어야 하고, 그 다음 자신에 대해서 잘 알아야 한다. 자신을 잘 알기 위해서는 자신을 돌아보는 일이 필요하다. 그런 다음 자신의 독특함과 이 시대가 요구하는 것을 간파해 그것에 초점을 두고 자신의 정답을 포지셔닝시켜야 한다. 그러면서 그것을 사업화해서 세계로 나가야 한다. 말은 쉽지만 결코 쉽지 않으며 그 속에서 많은 고민이 필요하다.

그러나 분명한 사실은 지금 이 시대는 단순히 선인들의 지식과 지혜를 암기한 것만으로는 미래를 만들어 나갈 수 없다는 것이다. 미래를 만들기 위해서는 모든 지식을 자신만의 지식으로 치환置換시킬 수 있는 내적인 힘이 필요하다. 그것이 없으면 그 무엇도 할 수 없다.

대학생들도 자신의 지식을 자신의 머리로 생각하는 힘을 통해서 자신의 독특함으로 변화시켜 나가야 한다. 그러나 그 작업은 단순히 암기만 하거나, 친구들끼리 잡담이나 하거나, 스마트폰이나 만지작거리면서 시간을 낭비하거나 해서는 절대 이루어질 수 없다. 철저하게 고뇌하고 고민하는 것이 필요하며, 그럴 때에만 그 길을 발견할 수 있다.

때로는 아이디어가 섬광처럼 지나가기도 할 것이다. 그리고 그 속에서 의외의 기회를 잡을 수도 있을 것이다. 그러나 성공은 치열하게 고민하고 노력하는 자의 몫이라는 점을 분명히 기억해야 한다.

이제는 무엇보다도 자신만의 길을 만들어야 하고, 그러기 위해서는 사유하는 능력, 통찰하는 능력, 직관의 힘을 활용하는 능력, 본질을 꿰뚫어 보는 능력이 필요하다. 그리고 그를 통해 치열하게 응전應戰하는 능력이 필요하다.

이 과정은 매우 힘이 들기 때문에 두둑한 뱃심과 투지가 절대적으로 필요하다. 강철보다 강한 심장과 용기가 필요하다. 이제는 전혀 새로운 능력을 가지고 승부를 해야 하는 시대이고, 그렇기 때문에 우리는 그러한 마음을 가지고 이 시대를 투지만만하게 살아가야 한다는 것을 명심해야 한다.

제**2**장

달라야 달라진다

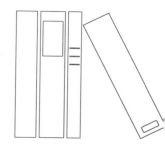

진짜 고민을 해야 진짜 공부를 할 수 있다

현재의 대학은 과거의 인습因習을 벗어나지 못하고 있다. 많은 대학은 현재의 대학이 사회의 큰 문제라는 인식조차 못 하고 있다. 변화할 생각도 하지 않고 있다. 대학의 편제를 바꾸고, 교수들의 인사 방법을 조정하는 개혁에는 모두가 미온적이다.

변화경영은 이미 이 시대의 화두話頭가 된 지 오래이지만 대학에서는 별 천지의 이야기일 뿐이다. 대학은 암기교육을 지상최고의 방법이라고 생각하고 있다. 가르치면서 토론하는 방법, 대화하면서 검증하는 방법, 전혀 새로운 생각을 제시하는 방법 등 다양한 방법이 있지만 그런 것은 고민하지 않는다. 학생들을 제대로 키우기 위해서는 자신만의 생각을 독특하게 전개할 수 있는 힘을 길러 주어야 하는데 그것을 고민하지 않고 있다.

우리나라의 대학생들은 대학에 들어온 이후부터 고등학교 때만큼 공부를 하지 않는다. 물론 최근에는 취업준비를 위해서 저학년 때부터 열심히 공부하는 학생들도 있다. 주로 각종고시를 비롯한 시험을 준비하는 학생들이다. 그리고 영어는 대부분의 대학생들이 저학년 때부터 상당히 열심히 공부한다. 학점도 대부분 저학년 때부터 체계적으로 관리한다. 그러나 학생들이 놓치고 있는 것이 있다. 결국 진짜 공부는 독서讀書라는 것을 말이다.

대학에 들어올 때까지 얼마나 독서를 했는지 물어 보면 자신있게 대답할 수 있는 사람은 많지 않다. 실제로 우리나라의 고등학생은 책 읽을 시간이 없다. 그리고 초등학교나 중학교 때는 고차원적인 책을 볼 만큼의 수준이 되지 않는다.

양서良書들은 고등학교를 좀 넘어서야 볼 수 있는데, 그때부터는 입시준비를 해야 하기 때문에 독서를 할 수 없다. 결국 대학에 진학한 뒤부터 독서를 해야 하는데 현실은 전혀 그렇지 못하다. 대부분의 학생들이 영어만 공부하고, 학점만 관리하며, 자격증만 딴다. 그리고 공무원 준비생들은 오직 공무원 시험만 준비한다. 그러니 머리 안에 든 실력이나 내적인 힘이라는 것이 엄청나게 약해질 수밖에 없다.

힘든 세상을 살아갈 수 있는 힘은 결국 인문학적인 힘인데 그것이 없으면 쉽게 좌절하거나 포기하게 된다. 그리고 인간과 세상에 대한 이해가 없으면 사업을 할 수도, 성공을 할 수도, 자신의 삶을 제대로 꾸려갈 수도 없다. 독서를 하지 않으면 인간은 무식해지고, 어리석음에서 벗어날 수 없게 된다.

지금의 대학생들은 한 달에 평균 3권에서 4권의 책을 본다고 한다. 이 정도를 보면 1년이면 40권에서 50권을 본다는 말인데 대학 시절에 이 정도의 책을 보면 안 된다. 1년에 최소한 300~500권의 책은 보아야 한다. 그러면서 진짜 세상을 살아갈 수 있는 힘을 키워야 한다.

이렇게 많은 책을 어떻게 보는지 의문이 들 것이다. 책은 하루에

한 권을 보지 말고 3일에 여러 권을 보거나, 일요일에 몰아서 5~10권을 보면 된다. 그리고 처음에 약 500권 정도를 볼 때까지는 모르는 내용이 많기 때문에 책 읽는 속도가 느리지만, 일정 수준이 쌓이고 나면 나왔던 내용이 중복되는 것이 많기 때문에 속도가 붙게 된다. 그리고 책을 많이 보다 보면 책을 읽는 속도도 크게 빨라진다.

나는 웬만한 책은 그 자리에서 3~5권 정도는 읽어 버리는데 책을 많이 읽다 보면 스킵을 해서 볼 수 있는 능력이 생기게 된다. 스킵해서 보다 보면 딱 눈에 띄는 부분이 있을 것이다. 그러면 그 부분만 집중해서 보고 나머지는 다시 스킵해서 보면 된다. 스킵이라고 해서 그냥 술술 넘기는 것이 아니라 글자를 눈으로 똑바로 보면서 넘기는 것이다. 계속하다 보면 감感이 온다. 이런 식으로 책을 보면 책을 한 권을 보는 데 시간이 그리 많이 들지 않는다.

이 방법이 익숙해지면 5시간 정도면 책을 3~5권 정도는 볼 수 있게 된다. 물론 정독해서 읽어야 할 책은 하루 종일 꼼꼼하게 보아야 한다. 그러나 책을 많이 보다 보면 아는 내용이 많이 나오고, 도움이 되지 않는 내용도 많음을 알기 때문에 스킵을 하지 않을 수 없다. 다만 지식적 차원의 책은 이렇게 보아도 되지만, 인간에 대한 이해를 다루는 영역의 책들은 곰곰이 생각을 하면서 보아야 한다. 그리고 한 권의 책을 여러 번 보아야 한다. 나도 그런 식으로 보고 있다.

대학생은 진짜 공부를 해야 한다. 진짜 공부를 하지 않으면 미래는 크게 어두워진다. 고등학교 때 배웠던 지식은 단순 암기이고 조

잡한 지식일 뿐이다. 이제는 세상과 인간을 이해하면서, 인생을 설계하면서 공부해야 한다. 그렇기 때문에 독서를 많이 해야 한다. 그리고 지식도 전공지식에 매몰되면 안 된다. 분명히 말하지만 학문과 진짜 실무는 전혀 별개인 경우가 많다. 그렇기 때문에 대학에서 배운 지식은 크게 쓸모가 없는 경우도 많다.

대학의 전공이라는 것도 그 분야의 큰 줄기만 보여줄 뿐, 실제 일에서 벌어지는 실상을 섬세하게 보여주지는 못한다. 그렇기 때문에 신입사원들도 입사를 하면 새로 교육을 받아야 한다. 때문에 대학생들도 검증된 책들을 많이 보아야 하고, 대학 밖에서 경험을 많이 해야 그 분야의 지식을 정확히 체득할 수 있다.

그럼 대학교수들은 바보란 말인가? 그건 절대 아니다. 그들은 학문을 연구한 사람들이다. 다만 지금의 현실에서는 그들의 지식이 사실상 큰 의미를 지니지 못한다는 것이다. 그들의 지식보다는 실질적인 지식을 공부하는 것이 더 낫다. 대학교수들의 책은 쉽게 이해도 되지 않는 경우도 많고, 현실에 적용되지 않는 경우도 많으며, 빠르게 변화되는 속도를 따라가지 않는 경우도 많다. 그렇기 때문에 학교 밖에서 지식을 적극적으로 섭렵해 나가지 않으면 변화격차 속도를 따라갈 수가 없다.

각종 현장경험을 통해서 지식을 익히는 것도 좋다. 그것은 길거리 지식Street Knowledge이라고 하는데 실제 실무에서 바로 사용하는 지식은 대체로 그 지식들이다. 따라서 현장에서 일을 통해 배우는 것이 학습에서는 가장 좋은 방법이다. 공부를 하되 단순한 공부가 아닌 진짜 공부를 해야 한다.

취업이라는 하나의 관문을 통과하기 위해 필요한 자격들을 갖추는 데 골몰하지 말고, 미래의 나는 무엇이 될 것인가를 생각하고 본질적인 경쟁력을 향상시키는 데 초점을 맞추어야 한다.

결국 입사는 하나의 과정일 뿐이고, 들어가서 CEO가 되고 세계적인 리더가 되어 세계를 크게 변화시키는 것이 우리의 궁극적인 목표이다. 그 목표의 핵심을 잊지 말고 공부를 해야 한다. 그렇기 때문에 단순히 취업관문을 통과하기 위해서 자질구레한 공부를 하기 보다는 본질적인 실력을 쌓아 업業의 핵核으로 승부하겠다는 마음을 가지고 진짜 공부를 해야 한다.

독서를 제대로 해야 하고, 이를 바탕으로 실력을 쌓아나가야 한다. 입시를 위한 공부가 공부의 끝이고, 입사를 위한 공부가 공부의 끝이라는 생각은 버려야 한다. 진짜 공부는 업業의 본질적인 경쟁력을 향상시키는 지식의 습득이라는 것을 명심해야 한다.

진짜지식을 쌓아라

실무지식은 진짜지식과 유사한 말이다. 직장생활을 하든, 사업을 하든, 독특한 예술가로 일하든 간에 가장 필요한 것은 하고 있는 일에 핵심이 되는 실무지식이다. 그러나 우리나라 대학교에서는 이론만 배우고 진짜 필요한 지식은 대학을 졸업한 뒤부터 배운다. 그리고 대학에 가서는 쓸데없는 암기나 하고, 영어나 몇 자 공부하며, 자격증이나 몇 개 따는데 시간을 다 보내고 만다. 강의도 형편없는데 극단적으로는 단 하루만 수업을 하고 한 학기 수업을 종강해 버리는 경우도 있다.

우리는 우리의 삶을 보장할 실무지식을 쌓아야 한다. 자신의 미래를 정하고 그를 바탕으로 실무지식을 쌓아야 한다. 만약 자신의 미래가 정해지지 않으면 어떻게 해야 할까? 자신의 미래가 안 그려지면 다양한 분야의 독서를 많이 하는 것을 절대적으로 권하고 싶다.

경제 분야뿐만 아니라 문학 · 역사 · 철학의 인문분야, 과학기술 분야, 정치분야, 예술분야 등등 모든 분야의 독서를 거침없이 하는 것이 좋다. 선인先人과의 대화를 하면서 많은 것을 생각하게 되고, 그를 통해서 인간과 자신에 대한 이해가 한층 더 깊어지기 때문이다. 이런 분야를 아우르는 독서를 통해 세상과 인간에 대한 이해의 폭을 키워 주면, 자신이 어떻게 살아야 하는지를 보다 명확히 깨달을 수 있다.

독서는 세계 최고의 멘토에게 거의 무료에 가까운 수업료를 지불하고 최고의 조언을 듣는 지구상에서 유일한 방법이다.

지금 대학교육은 심각한 문제를 지닌 상태로 운영이 되고 있고, 그 때문에 대학을 무작정 따라가는 대학생은 소중한 4년을 날리게 된다. 그러므로 혼자서 공부를 해야 하며, 가능하다면 자퇴를 해서라도 공부를 하는 것이 필요하다.

스티브 잡스도 대학이 자신의 본업本業을 발견하는 데 도움을 줄 것 같지 않다고 판단했고, 부모님의 돈까지 엄청나게 써야하는 현실에 회의감을 느껴 대학을 자퇴했다. 그는 대학을 자퇴해도 충분히 성공할 수 있다는 것을 믿었다. 그런 뒤 그는 대학의 필수과목들이 아닌 자신이 볼 때 재미있어 보이는 과목들을 청강했다. 그는 대학이 규정한 길이 아닌 자신의 가슴이 인도하는 길을 따라갔다. 이후 그때 자신이 좋아서 들었던 캘리그래피 수업은 맥킨토시의 다양한 활자체와 독특한 폰트를 갖추는 데 큰 역할을 하게 된다. 만약 잡스가 대학이 규정한 길만 따라가고 자신의 가슴을 따라가지 않았더라면 개인용 컴퓨터의 다양성은 존재하지 않을 수도 있다.

아직 대학에 진학하지 않은 학생이라면 대학에 관계없이 혹은 대학을 떠나 '자신만의 공부'를 하는 것이 바람직하다. 지금은 대학 그 자체가 아닌, 진짜 실력만이 절대적인 의미를 지니는 시대이기 때문이다.

분명 모두가 변해야 할 시점이다. 변하지 않으면 미래는 없다. 변화가 없는 한 대학에 가지 않는 것이 오히려 바람직한 선택이다. 지금은 대학에 굳이 무리를 해서 돈과 시간을 낭비할 필요는 전혀 없음을 강조하고 싶다.

자신이 마음만 단단히 먹는다면 대학 4년을 전공공부와 취업공부를 따로 하고, 돈도 수천에서 1억 원 이상 사용한 대학생과는 비교할 수 없는 경쟁력을 지닐 수 있다는 사실을 말하고 싶다. 또 대학을 졸업한 이후의 본격적인 경쟁도 결국 혼자서 공부한 지식이라는 것을 덧붙이고 싶다.

이제는 분명 실력중심 사회로 더 빠른 속도로 재편되어 갈 것이다. 이제 우리는 현실을 직시하고, 어떤 선택을 내리는 것이 더 현명한 것인지 진지하게 고민을 해 보아야 한다.

늘 실패와 죽음을 생각하며 살아야 한다

天下不如意, 恒十居七八(천하불여의, 항십거칠팔)! 『진서晉書』에 나오는 말로 세상의 일은 뜻대로 되지 않는 것이 열 중 일고여덟이라는 뜻이다. 그렇다. 세상의 일이란 뜻대로 되지 않는 일이 대부분이다. 그러나 큰 성공을 하려면 반드시 도전을 해야만 한다. 도전하지 않으면 결코 미래가 달라지지 않는다. 결국 많은 실패를 할 수밖에 없다. 그렇다면 이렇게 생각하는 게 어떨까? 실패는 꿈꾸는 자의 특권이라고 말이다.

실패가 무서워 도전하지 않으면 지금과 같은 현실에서는 인생이 절대로 달라지지 않는다. 평생을 가슴이 죽은 채로 살아야만 한다. 그건 사는 게 아니다. 나 역시 글을 쓰느라 몸이 부서질 것 같이 아프고 힘들다. 그리고 돈도 잘 못 번다. 그러나 직장생활을 이미 해 본 나로서는 그래도 글을 쓰고 싶다. 글을 쓰는 일은 세계의 수많은 사람들에게 희망을 주는 일이며, 궁극에는 나를 비롯해 많은 사람들에게 배움을 줄 수 있기 때문이다.

글쓰는 일은 돈을 떠나 내게 큰 의미를 준다. 그러나 현실은 고달

프다. 그러나 도전하지 않으면 절대로 미래는 달라지지 않음을 확신한다.

인간은 배가 고프면 비록 막노동을 할지라도 꿈을 포기하지 말아야 한다. 그리고 언제든지 실패할 수 있다고 늘 생각하고 있어야 한다. 심지어 자신이 피곤한 나머지 죽어서 길 한복판에 쓰러져 있을 수도 있다고 생각해야 한다.

세상의 일은 일고여덟이 실패이기 때문에 어려움은 당연히 많을 것이다. 그러나 그렇다고 해서 집안에만 있어서는 안 된다. 나를 비롯해 궁극에는 수만, 수십 만의 군인들을 이끌고 글로벌 전쟁터로 진격해야만 한다. 그런 뒤 멋지게 한판 붙어야 한다.

그렇게 경제영토는 넓어지는 것이고, 그렇게 꿈을 이루어가는 것이다. 늘 승리할 수만은 없는 인생이지만, 그렇기에 오히려 더 박진감 있고 역동적일 수 있는 것이다. 늘 실패와 죽음을 생각하며 진격해야 한다.

긴 안목으로 인생을 바라보라

대부분의 사람들은 지금 당장의 안위安慰를 바란다. 지금 당장 좋은 대학에 합격하기를, 지금 당장 좋은 직장에 취업하기를, 지금 당장 많은 돈이 생기기를 원한다.

분명 오랜 기간 어려움을 참고 지내야 하는 인생은 힘들다. 그래서 지금 좀 편하면 당연히 좋다. 이왕이면 그래야 한다. 그러나 인생은 멀리 보고 준비해야 한다.

결국에는 10년 후, 20년 후, 30년 후가 중요한 것이다. 지금은 난방을 할 수 없어서 추운 방에서 공부를 하고 있더라도 어려움을 참고 노력하면 나중에 행복해질 수 있다. 지금은 돈이 많아서 스포츠카를 타고 있더라도 그 차를 타고 여자 친구와 놀러만 다니면 나중에 불행해질 수 있다. 멀리 봐야 한다.

직장도 마찬가지다. 당장 돈을 많이 주는 곳은 전혀 중요한 게 아니다. 앞으로 나의 꿈을 이룰 수 있는 직장인가가 중요한 것이다. 물론 지금 당장 생계해결이 곤란하다면 편의점에라도 일하러 가야만 한다. 그러나 그런 상황이 아니라면 꿈에 포커스를 맞추고 행동해야 한다.

지금 연봉을 많이 준다고 해 봐야 얼마나 주겠는가? 나중에 꿈에 미치면 1년에 100억 원도 벌 수 있다. 연봉이 그렇게 안 되더라도 주식 스톡옵션으로 그렇게 될 수 있고, 자신의 주식회사를 설립하고 경쟁력 있는 제품으로 세계를 선도하면 수천 억 나아가 수조, 수십조 원의 돈을 만질 수도 있다.

물론 꿈을 이루지 못하면 당장의 앞만 보고 취업한 친구가 더 안정적으로 살아갈 수도 있다. 그러나 본질적으로 안정은 존재하지 않는다. 당장의 안정만 추구한 그 친구도 결코 안정적이지 않으며, 꿈꾸지 않는 삶이 아니라면 진정한 삶이 아니라고 말하고 싶다.

물론 직장 안에서도 프로페셔널을 꿈꾸고 탁월함으로 무장하여 고객에게 최고의 서비스를 제공한다는 꿈을 지니고 있다면 다르다. 그 사람은 어디를 가든 성공을 하고, 자신도 행복해질 수 있다. 요는 꿈이다.

당장의 달콤함은 중요하지 않다. 좀더 멀리 보고, 진정으로 자신이 커나갈 수 있는 길이 무엇인지를 진지하게 고민해야 한다. 단 하나에 미친 뒤, 거기에서 전설이 될 수 있다면 최고다. 자신은 무엇으로 인류사의 한 획을 그어나갈지 찬찬히 고심해야 할 때다.

인간에 대한 애정

성공에 있어 필수적인 것이 바로 인간에 대한 애정이다. 인간에 대한 근본적인 사랑이 없는 사람은 결코 성공을 할 수 없다. 물론 단기적인 성공은 할 수도 있고, 작은 장사꾼 정도의 돈은 만질 수 있을지도 모르지만 결코 오래갈 수가 없다.

세상의 모든 일은 인간을 중심으로 이루어지기 때문이다. 나는 돈을 버는 일을 성스러운 일이자 가장 중요한 일이라고 생각하지만, 돈을 벌기 위해서는 돈을 쫓아서는 안 된다고 생각한다.

돈이란 무엇인가? 최고가 되면 따라오는 것이다. 그렇다면 최고란 무엇인가? 세상의 모든 사람들을 만족시키는 사람이다. 즉 '사람'을 '만족'시켜야 하는 것이다. 처음에는 물건만 잘 만들면 되겠지만, 그 안에 사람에 대한 진심이 없으면 그것은 결코 오래가지 못한다. 서비스를 제대로 할 수도 없고 제품의 내용도 부실해질 수밖에 없다.

아무리 훌륭한 책사策士라도 인간에 대한 사랑이 없는 사람은 결국에는 큰일을 못 한다. 사랑보다 높은 덕목은 이 세상에 존재하지 않는다. 머리가 아무리 좋아도 그것이 핵무기를 만들고 사람들을 모두 죽이는 것에 활용된다면 그것은 사탄의 지혜라 할 수 있다.

인간에 대한 사랑을 늘 간직해야 한다. 늘 다른 사람을 돕기 위해서 일하고 있다고 생각해야 한다.

결국 사랑하기 위해 노력하고 있다고 생각해야 그 성공이 영원할 수 있다. 힘들고 어려울 때는 모든 사람들이 등을 돌리기 때문에 원망을 가지기 십상이다.

내가 성공하면 가만두지 않겠다는 마음을 먹기 쉽다. 그러나 그래서는 안 된다. 결국 모두를 위하는 사람이 될 수 있을 때 모두로부터 사랑을 받을 수 있게 된다. 내가 먼저 사랑해야 남도 당신을 사랑한다.

모든 성공의 중심에는 사랑이 있음을, 사랑하지 않으면 결코 영원할 수 없음을, 사랑만이 성공의 가장 확실한 비책임을 명심해야 한다.

미래로의 회귀 Back to the Future!

우리가 종신고용을 당연한 것으로 믿게 된 것은 불과 20년 정도

밖에 안 된다. 그 전에는 그런 개념이 없었다.

원시시대에는 자기 스스로 먹거리를 알아서 해결해야 하는 자급자족의 경제였다. 그 이후의 경제도 크게 다르지는 않다. 즉 누군가가 계속해서 책임을 져 주거나 그런 건 거의 없었다.

벼슬에 나설 수 있는 사람들은 제한적이었고, 그 숫자도 많지 않았다. 결국 따지고 보면 공직을 제외하고는 모두가 1인 기업가의 삶을 살았다고 볼 수 있다.

소작농小作農들도 일자리가 확실하다고는 볼 수 없었다. 결국 지금의 이 시대는 미래로의 회귀를 하고 있는 것이라고 볼 수 있다. 모든 것을 스스로가 책임지며 살아야만 하는 시대, 지식은 먹고 살 수 있는 데 실질적인 도움을 줄 수 있어야만 하는 시대, 시대의 흐름을 통찰하여 상업적으로 활용할 수 있어야만 하는 시대가 열리고 있는 것이다. 이 시대는 사실 불안하다. 모든 게 불확실하기 때문이다. 대학간판도 무의미해지고, 지식들도 제대로 활용하지 못하면 의미를 잃게 된다.

그러나 본래대로 돌아가는 것이라고 믿어야 한다. 이제는 모두가 원시시대처럼 수렵민의 생활을 해야 한다. 또 농민의 생활을 해야 한다. 수렵민의 생활은 끊임없이 돌아다니면서 늘 불안과 함께 하는 삶이다. 그리고 며칠씩 굶더라도 활을 들고 산을 뛰어다닐 수 있어야 하는 삶이다.

농민의 삶은 비교적 정직하지만 자연재해에 의해 폭삭 망할 수도 있는 삶이다. 또한 시장에서 교환을 해야 하는데 때로는 알 수 없는

가격변동 때문에 큰 어려움에 처하기도 하는 삶이다.

모두가 그런 삶으로 돌아가는 것이다. 그러나 그래도 희망적인 것은 이 속에서도 엄청난 기회를 발견할 수 있다는 것이다. 새로운 사냥기술을 발견해 전문 사냥꾼이 될 수도 있고, 사냥기업을 만들 수도 있다. 각종 농업기술을 개발할 수도 있고, 기상청을 통해 대응하면서 농사를 지을 수도 있다.

어떤 상황이라도 스스로 하기에 따라 미래는 달라질 수 있다. 이제는 미래로의 회귀를 명심하고, 스스로가 스스로의 모든 것을 책임질 수 있는 삶을 살아가야 한다.

하나밖에 없는 목숨이기에 기꺼이 던져야 한다

진정한 인간의 조건을 생각해 본다. 인간이란 자신이 좋아하는 것을 위해서 목숨을 버릴 수 있어야 한다.

인생을 마치 시詩처럼 살 수 있어야 한다. 자신의 꿈을 떠올리면 가슴 속에서 시정詩情이 생각나고, 그로써 한편의 시詩를 쓸 수 있어야 하며, 그런 시적인 삶에 자신의 목숨을 불태우고 싶다는 마음을 지니고 살아야 한다.

실제로 역사는 그런 정열적인 사람들이 써나가는 것이고, 만약 그런 사람들이 없었다면 오늘날 역사의 진보는 결코 이룩될 수 없었다.

앞으로 시대의 풍운風雲은 매우 거셀 것이지만, 그것을 기꺼이 이겨내며 앞으로 전진하는 사람이 있어야만 우리나라가 강대국이 될 수 있다.

꿈에 '목숨'을 던져야 한다. 마치 장작불에 장작長斫을 던지듯 '가볍게' 목숨을 던질 수 있어야 한다. 왜냐하면 목숨은 단 하나 뿐이기 때문이다. 두 번 다시는 되돌아오지 않을 인생이기에 그래야 하는 것이다. 꿈을 좇다가 목숨을 잃는다고 해도 절대로 죽음을 두려워해서는 안 된다. 인간은 큰일을 하기 위해 태어난 존재이기 때문에.

죽음을 생각해 보자. 인간은 방안에서 가만히 누워서 죽으나, 전쟁터에서 총을 맞아 죽으나, 세계에서 가장 멋진 일을 하다가 죽으나 마찬가지다. 결국 죽는다는 점에서는 똑같다.

그렇다면 이왕 죽을 것 좀 멋지게 죽는 것도 아름답지 않은가! 천명天命은 하늘에 달려 있으므로 하늘에 맡겨 놓고 이왕 끊어질 목숨이라면 진정한 꿈, 인류의 진보를 위해서 걸어 보는 것은 어떤가! 만약 그것이 싫다면 평생을 비참하게 살다가 죽는 길 뿐이지 않겠는가!

늘 죽을 수도 있다고 생각하면서 일을 해야 한다. 목숨 걸고 해야 한다는 말이다. 어설프게 해서는 결코 살 수 없는 시대가 도래 했다. 그렇다면 적어도 목숨 정도는 걸어야 하지 않겠는가! 단 한 번뿐인 삶, 진정으로 행복하지 않을 바에야 그냥 죽는 게 낫지 않겠는가! 행복하지 않은데 도대체 왜 산단 말인가!

세상에 태어난 사람은 마땅히 꿈을 이루어야 하고, 큰일을 해야만 한다. 어차피 사람은 죽게 되어 있다. 그렇다면 죽음 따위는 잊고 오직 꿈만 생각하며, 꿈을 추구하는 도중에 죽음이 오더라도 일을 하는 자세 그대로 죽어야 하는 것이 마땅하지 않겠는가! 어차피 한 번 사는 삶이기에, 뜨겁고 치열하고 아름다워야 하는 것이다!

Reader만이 Leader가 될 수 있다

누누이 강조하지만 암기만으로 희망을 걸 수 있는 시대는 지났다. 지금도 단순 암기만 잘 하면 일정 시험에 합격해 일정 위치를 점할 수도 있지만, 문제는 그 분야에도 공급과잉이 심하기 때문에 결국은 피 터지는 Red-Ocean적 경쟁을 해야 한다는 점이다. 그리고 경쟁에서 승리하는 것은 암기만 잘 하는 능력으로는 어렵다.

이제는 있는 지식을 어떻게 활용하는가, 사물의 본질을 정확히 간파하고 본질적인 경쟁력을 어떻게 향상시키는가, 적시適時에 정확한 판단을 내려 상황을 어떻게 반전反轉시키는가, 실무적인 지식을 얼마나 가지고 제대로 일을 하는가, 긴요한 지식을 얼마나 가지고 있고 그 지식을 어떻게 활용하는가 등으로 승리가 결정되기 때문이다.

대학에서 배우는 전공지식도 마찬가지다. 사실 마음만 독하게 먹으면 대학에서 배우는 전공지식은 1년이면 모두 끝낼 수 있다. 그런데 대학에서는 이런저런 핑계를 대며 4년 동안 질질 끌고 있다. 그것도 어설프게 끝을 맺는다. 그러나 공부는 짧은 기간 동안 화끈

하게 해야 한다.

　현실에 이용되지 못하는 지식은 죽은 지식이고, 죽은 지식을 한 보따리 암기하고 있어 봐야 아무런 소용없다. 결국 우리는 살아 있는 동안 좀더 잘 살고 행복하게 살기 위해서 공부를 하는 것이다. 그런 면에서 지식은 생활의 불편함을 개선해야 하고, 물질적으로 좀더 풍족하게 만들 수 있어야 하며, 좀더 인간적인 사회를 만드는 데 힘을 줄 수 있어야 한다.

　이제는 지식에 대한 정의를 새롭게 해야 한다. 진짜 인간의 삶을 위한 지식이 참된 지식이라고. 참된 지식이라면 인간의 삶을 풍족하게 만들 수 있어야 하고, 인간의 따뜻한 가슴을 잃어버린 자본주의를 변화시킬 수 있어야 한다.

　지식은 결국 인류 모두의 행복을 위한 길을 인도하는 안내자이다. 살아 있는 참된 지식은 그 시대의 산소로 지구촌 시민에게 내일의 희망을 약속한다.

　그러나 우리는 죽은 지식을 암기만 하고 있다. 우리는 참된 지식을 공부하지 않고 있고, 인생과 세상에 대해 깊이 있게 사색思索·사유思惟하지 않고 있다. 그러나 사람이 지식을 활용하지 않으면 자신의 삶과 인류의 역사는 진보할 수 없다. 참된 지식을 습득해야 하고, 그를 창의적으로 활용해야 한다.

　창의創意란 무엇일까? 어떻게 하면 창의적일 수 있을까? 창의라는 것은 새로운 것을 만들어 낸다는 것을 말한다. 그렇기 때문에 창의란 현재의 지식들을 다양한 각도로 조합을 하면서 새로운 것을 만들어 낸다는 것을 말한다.

때로는 모방도 필요하고 때로는 혁신도 필요하다. 그러면 새로운 형태가 완성된다. 그것이 곧 창조이고 창의이다. 창조는 최초로 만들어 낸 것에 의미를 두고 있고, 창의는 새로운 것을 만들어 내는 것에 의미를 두고 있는데, 창조와 창의를 어렵게 생각할 필요는 없다. 인류의 모든 발명품은 모방과 혁신에서 나왔다고 해도 과언은 아니다.

모든 발명품을 보라. 거의 다 선인先人들의 지식과 지혜에서 배워 발전되어 온 것들이다. 그렇기 때문에 창의와 창조라는 것을 어렵게 생각할 필요는 없다. 결국은 지식습득을 하고 거기에 몇 가지를 덧붙이거나 빼면 전혀 새로운 작품이 나오기 때문이다.

결국 창조와 창의의 이노베이터는 끊임없이 지식을 습득하는 사람이다. 그는 온갖 지식을 통해 전혀 새로운 것을 생각해 낸다. 그리고 그를 통해 다양한 실험을 하고, 그를 통해 전혀 새로운 것을 만들어 낸다.

물론 이 과정에서 실패도 많다. 그러나 방대한 지식, 상상력과 실험정신으로 결국에는 인류를 놀라게 할 발명을 해 낸다. 그것이 창조적 혁신가, 창의적 리더의 특징이다. 따라서 우리가 이런 방향으로 나아가기 위해서는 지식의 축적이 매우 중요한 만큼 많은 공부를 해야 한다.

그렇다면 어느 정도의 공부를 해야 할까? 즉 얼마 정도의 독서를 해야 할까? 최소한 자기 분야는 천 권의 책은 읽어야 하지 않을까? 그리고 완벽을 기하기 위해서는 3천 권 이상의 책을 보는 것이 바람직하다.

모든 책을 정독하는 것이 아니므로 읽는 데 큰 부담을 가지지 않아도 된다. 다만 책을 보는 것에서 그치면 안 되고, 스스로 생각을 해 보아야 한다. 좋은 책이란 생각을 많이 하게 하는 책이다.

지식을 습득하는 책이라도 나에게 많은 고통을 주는 책이 좋은 책이다. 술술 읽힌다는 것은 내가 그냥 다 알고 있는 것을 복습해 주는 책일 뿐이다. 내가 읽는 데 힘이 들고 괴롭다는 것, 책에 온통 줄이 쳐져 있다는 것은 내가 모르는 내용이 많다는 것이다. 그런 책이 좋은 책이고 정독을 해야 하는 책이다.

책을 보다가 아니다 싶으면 덮어야 한다. 왜냐하면 책값 13,000원보다는 시간이라는 비용이 훨씬 더 고가高價이기 때문이다. 책을 사서 아깝다는 생각으로 필요도 없는 지식을 습득하기 위해 소중한 시간을 낭비해서는 안 된다.

바야흐로 지식의 섭렵도 취사선택을 잘 해야 하는 시대가 된 것이다. 아무렇게나 공부를 하고, 아무렇게나 열심히 하면 안 된다.

과학자가 될 사람이 육체적인 힘을 쓰는 일을 열심히 해서는 안 된다. 물리학자가 되겠다면 물리에 관련된 공부를 해야 하고, 또 물리에 관련된 책을 보더라도 보다 섬세하게 접근하여 반드시 도움이 될 책 위주로 공부를 해야 한다.

예를 들어 집에 책이 1만 권 정도 있다면 5천 권 정도만 보아도 성공이라고 할 수 있다. 정말 고민을 많이 해서 책을 구입을 했다 하더라도 막상 읽어 보면 영 아닌 책들이 있게 마련이다. 그것은 내

선택이 잘못된 경우도 있고, 지금 나오는 책들 중에서 괜찮은 양서良書들이 많지 않음도 그 이유이다.

읽어도 건질 것이 없는 그런 책들은 과감하게 덮고 괜찮은 책을 보아야 한다. 분명히 말하지만 돈보다는 시간이 훨씬 더 소중하다. 앞으로 당신의 시간이 1시간에 10억 원 이상의 가치를 할 수도 있다. 당신이 최선을 다해서 업業의 경쟁력을 키우게 되면 전혀 불가능한 일이 아니다. 무엇보다 시간을 중시해야 한다.

최근의 베스트셀러를 보면 지적수준이 턱없이 낮은 것이 심히 우려가 되는데, 그런 점 때문에 베스트셀러에만 집중할 것이 아니라 양서라고 판단되면 베스트셀러에 관계없이 필독할 것을 권하고 싶다. 실제로 베스트셀러는 상업적 목적으로 조장되고 있는 경우도 많기 때문이다. 실제로는 배울 것이 전혀 없는데도 말이다.

책을 읽어 보기 전까지는 양서인지 아닌지 전혀 알 수 없다. 그런데도 유명 저자가 아니면, 광고를 하지 않으면 베스트셀러가 되기는 어렵다. 그렇기 때문에 제대로 된 책이라도 상업적 논리에 밀려 베스트셀러가 되지 않는 경우도 많다. 그러므로 독자 스스로가 좋은 책을 판단하는 내적인 힘을 길러야 한다. 우리에게 필요한 책은 남들이 많이 보는 책이 아닌, 나에게 확실한 도움을 주는 책이기 때문이다.

책과 다큐멘터리를 통해 실력을 쌓다 보면 언젠가 세계적인 석학碩學과 맞장을 한번 떠보고 싶다는 생각이 들 때가 있을 것이다. 그리고 세상이 만만하게 보이는 시점이 분명히 올 것이다. 저 정도면 내가 해도 저것보다는 잘할 수 있겠다는 생각이 들 때가 분명히 올 것이다.

실력을 쌓으면 해당 분야의 전문가들이 좀 만만하게 보일 것이다. '반드시' 그런 확신이 들어야 한다. 그런 확신이 안 들면 뭔가 잘못된 것이다. 그때가 되면 성공할 정도의 수준에 올라온 것이고, 그 정도면 사업을 진행해도 사실상 큰 문제는 없다.

지식이 많다고 인간이 신神이 되는 건 아니다. 그러나 지식은 거친 바다를 항해하고 있는 우리들에게 등대와 같은 푯대역할을 충실히 할 것이다.

우리의 삶은 많이 알더라도 여전히 힘들 것이다. 그러나 지식이 있다면 많은 도움을 받을 수 있을 것이다. 그리고 지식이 있다면 다양한 기회를 잡을 수도 있을 것이다. 지식이 가장 좋은 점은 우리에게 꿈과 희망을 선물한다는 점이다. 지식이 있는 한 우리는 밝은 내일을 실제로 만들어나갈 수 있기 때문이다. 우리는 이제 진짜 지식인 독서를 통해서 지식을 습득하고, 그를 통해 큰 성공을 도모해야 한다.

지금은 경쟁이 매우 치열하게 이루어지고 있기 때문에 모든 면을 살피면서 살아가야 한다. 그렇기 때문에 시간과 돈의 지출에 있어서는 대단히 신중해야 한다.

대학생들도, 직장인들도 마찬가지다. 전략적인 마인드! 이 말이 정말 중요하다. 지금부터는 전략적으로 생각을 하면서 앞뒤 좌우를 살피면서 살아야 한다. 시간이든 돈이든 내 몸의 에너지든 간에 업

業의 본질적인 경쟁력을 쌓는 쪽으로 집중되어야 한다. 그렇지 않고 단순히 누가 뛰니까 나도 뛴다는 식으로 움직이면 안 된다.

지금의 시대는 지식이 범람하는 시대이다. 모든 책들과 미디어들을 섭렵할 수는 없다. 괜찮은 책, 필요한 책을 받아들이는 현명함이 절대적으로 필요한 시대이다.

그렇다면 이렇게 물을 수도 있겠다. 그런 양서와 양질의 미디어를 어떻게 선택하느냐고 말이다. 그러나 그것은 결국 경험의 문제다. 많은 책을 접하게 되면 그 힘이 자연스럽게 길러질 것이다.

물론 처음에는 그 힘이 없다. 그리고 처음에는 책과 미디어를 닥치는 대로 섭렵하는 것이 필요하다. 기초 베이스가 없는 상태라면 사실상 거의 모든 책이 도움이 된다. 치열하게 노력하다 보면 자신만의 노하우를 가지게 될 것이다. 그러다 보면 그 속에서 새로운 기회를 발견하게 될 것이다.

블루오션 탐험을 즐겨라

20년 전만 하더라도 남들이 가는 길을 무작정 따라가기만 해도 성공할 수 있었지만 지금은 그렇지 않다. 늘 경쟁을 생각하면서 일을 해야 하는 시대이다. 물론 과거에도 경쟁은 있었다. 그러나 그당시의 경쟁은 비교적 수월한 경쟁이었다면 지금의 경쟁은 피를 말리는 경쟁이다.

경쟁이 극심해진 지금, 생존이 어려워진 지금, 우리는 최대한 경쟁을 피해 블루오션으로 가야 한다. 물론 블루오션으로 가더라도 힘은 무척이나 많이 든다.

새로운 길을 창조한다는 것은 엄청난 고통이고, 실패위험도 만만치 않기 때문이다. 그리고 내가 큰 성공을 하게 되면 결국 또 많은 경쟁자들이 몰려오게 되어 있다. 그러나 내가 그 분야에서 성공을 하게 되면 나는 최초이고, 최고의 노하우를 가진 사람이 된다. 경쟁이 적기 때문에 충분히 승부해 볼 만하다.

블루오션으로의 도전은 리스크도 제법 크지만 리스크가 큰 만큼 이익도 크다. 남들이 가는 길을 가게 되면 대다수가 몰려가기 때문에 경쟁의 압력이 상당하다. 때문에 망할 확률도 크고 경쟁에서 패배할 확률도 크다.

남들이 많이 가는 길은 일단은 무작정 피하고 보는 전략도 좋다. 주식투자를 하더라도 남들과 반대로 하지 않는가? 다수가 오른쪽으로 갈 때 나는 왼쪽으로 가는 역발상 전략은 지금의 시대에 매우 유용한 전략이다.

우리는 남들이 많이 가는 길의 위험성을 늘 기억해야 한다. 결국 많은 사람들이 있으면 그 중에 똑똑한 사람이 있게 마련이다. 소 1천 마리 있으면 왁대 있고 사람 1천 명 있으면 장군이 있기 때문이다. 사람들이 많이 몰려가는 곳으로 가면 똑똑한 사람과의 경쟁을 하게 될 것이고, 패하게 될 확률이 높다. 경쟁은 최대한 피해야 하고, 자신의 길을 개척하면서 가야만 한다는 생각을 잊어서는 안 된다.

우리가 다수가 가는 길을 쫓는 것은 그 길이 가장 안전하다고 믿기 때문인데 그것은 오래 전 우리의 역사에서 기인한다. 우리는 원시시대 때 짐승들을 사냥하면서 먹고살았는데 맹수들을 만나게 되면 다수가 함께 몰려 있어야만 생존할 수 있었다. 특히 식량을 구하기 어려웠던 때이므로 사람들 간의 협력은 매우 중요했고, 그것은 일종의 보험역할을 하였다.

원시시대에는 합법적인 법이 없었고, 부족 간의 약탈이 심했다. 다수와 다수 간의 전쟁은 결국 더 큰 다수가 승리를 하는 식으로 귀결이 되었다. 그래서 당시의 다수는 곧 생존을 의미했고, 혼자는 곧 죽음을 의미했다. 그 기간은 상당히 오랫동안 지속되었기 때문에 우리의 유전자 속에는 다수가 가는 길은 진리명제로 기억되어 있다.

지금도 우리는 다수가 가는 길을 무작정 따라가려고 하는데, 이것은 일종의 본능이라고 할 수 있다. 그러나 이제는 본능대로 따라가지 말고, 차가운 머리로 판단을 해야 할 때가 되었다. 사회의 구성원리가 바뀌면서 생존의 패러다임이 변했기 때문이다.

인생은 의외로 꽤 길다. 지금은 하루하루가 별 것 아닌 것 같지만 시간이 지나게 되면 엄청난 격차가 생기게 된다. 상황이 너무 급하면 가리지 말고 어디든 취업을 하되 절대로 나의 궁극적인 꿈은 포기하지 말아야 한다. 포기하지만 않으면 꿈은 반드시 이루어진다.

20대에 이루어지지 않으면 30대에 이루어질 것이다. 30대에 이루어지지 않으면 40대에 이루어질 것이다. 40대에 이루어지지 않으면 50대에 이루어질 것이다. 50대에 이루어지지 않으면 60대, 70

대, 80대에 이루어질 것이다.

포기하지만 않으면 반드시 세계적인 인물이 될 수 있다. 노벨상도 받을 수 있고, 세계적인 발명을 할 수 있다. 세계적인 기업을 이끌며 종업원 10만 명을 두는 회장이 될 수도 있고, 세계최고의 장학 사업을 할 수도 있다. 아프리카 빈곤퇴치에 성공하는 사람이 될 수도 있고, 한반도의 통일을 이끄는 위대한 인물이 될 수도 있다.

꿈은 영원히 꾸어야 한다. 하나의 꿈이 완성되면 또 다른 꿈을 꾸어야 한다. 꿈은 평생을 꾸어야 한다. 평생 동안 꿈꾸는 삶, 평생 동안 이상을 추구하는 삶, 평생 동안 행복한 삶을 살아야 한다.

인간은 꿈을 포기하면 목숨 자체를 포기한 것과 같다. 꿈이 없는 인간의 삶과 그냥 먹고 사는 벌레의 삶이 무엇이 다르단 말인가! 우리는 진정한 인간으로 이 세상을 살다가 아름답게 이 세상을 떠나야 한다. 세상은 우리를 이렇게 평가할 것이다.

"이 세상을 아름답게 만들기 위해 늘 꿈꾸며 행동했던 사람, 죽어서도 이 세상에 긍정적인 영향을 주는 사람. 그는 꿈꾸는 사람이었다."

닥치는 대로 배워라

지금은 경제전쟁의 시대이다. 디플레이션 시대로 굉장히 힘든 불황의 시대다. 이런 시대에는 무엇보다도 사람들에게 분명한 비전을 제시하고 희망을 주는 사람이 절실하게 필요하다. 많은 이들에게 실질적인 도움을 줄 수 있는 사람이 필요하다. 많은 사람들에게 제대로 된 도움을 주는 진짜 지도자가. 그것은 다름 아닌 바로 우리 자신이다.

누군가가 그런 지도자이자 영웅이 되어서 우리의 문제를 해결해줄 것을 기대하지 말고, 내가 이 시대의 영웅이 되겠다는 생각을 가져야 한다. 그러려면 많은 것을 배우고 익혀야 한다. 시대적인 흐름에 자신의 지식과 자신의 독특함을 어떻게 결합해 기업화할 것인가, 그래서 어떻게 우주에 흔적이 남길 수 있을 것인가를 고민해야 한다. 어떤 능력을 배양해 자신의 직職이 아닌 업業을 최고로 만들 것인가 끊임없이 연구해야 한다.

많은 사람들에게 일자리를 주고 희망을 주기 위해서는 어떤 일을 하고 어떤 사업을 해야 할지를 고민하는 것이 진짜 능력이고, 진짜 학벌이고, 진짜 인간이며, 진짜 지도자다. 이제부터는 '학벌은 NO! 실력은 YES!'라는 사고방식으로 바뀌어야 한다.

어떻게 해야 진짜 실력과 진짜 능력을 키울 수 있을까? 가장 좋은 방법은 시중에 나와 있는 책들을 많이 보는 것이다. 무無의 상태에서는 아무리 고민을 많이 해도 좋은 생각이 떠오르지 않는다.

먼저 자신이 관심 있는 분야의 책들을 집중적으로 볼 필요가 있다. 특히 기업가가 되고자 한다면 기업가들이 직접 쓴 책들을 중심으로 최소 수백 권을 단기간에 섭렵할 필요가 있다.

마음을 단단히 잡고 몇 달 잡으면 수백 권 읽는 것은 그리 어렵지 않다. 그러면서 세상과 자신을 잘 관찰해 어떻게 이 시대의 주인공이 될지를 고민해야 한다. 이 시대와 자신을 합일合一하면 신화神話가 되기 때문이다.

원래 사업이라는 것은 남들이 보지 못하는 것을 볼 수 있는 것에서부터 시작된다. 그것이 기회고, 그것이 곧 블루오션이다. 그렇기 때문에 이것은 직관력과 통찰력이 절대적으로 필요한데 그것은 책을 보면서 기르는 것이 필요하다. 선인先人들의 어깨 위에서 세상을 보아야만 태산과 평지를 한눈에 볼 수 있기 때문이다.

시인 정호승 선생과 같은 분의 글은 엄청난 내공이 있는 것이고, 그런 분의 작품은 전작全作을 읽는 것도 삶을 살아가는 데 큰 힘을 준다. 왜냐하면 인간이 살아간다는 것, 인간이 승리하며 산다는 것, 인간이 행복한 삶을 영위한다는 것에는 지식만이 아닌 내면적인 강인함과 인간에 대한 근원적인 사랑이 먼저 자리에 잡고 있어야 하기 때문이다. 그리고 이러한 내적인 힘은 인생의 어려움을 돌파하는 데 커다란 에너지를 제공한다.

책을 본 다음에는 생각을 많이 해야 한다. 저자에게 질문을 던지듯이 질문을 던져 보는 것이다. 저자의 주장에 대해 반대로도 생각해 보고, 또 측면으로도 생각 해 보는 것이다. 그러면서 자신만의 독창적인 생각을 만들어 내야 한다.

어떤 기업이든 그곳에서 일을 해 보는 것도 좋다. 현장에서 직접 부딪쳐 보면서 자신의 생각을 키우는 것도 좋은 방법이기 때문이다. 다만 일을 한다면 일을 하면서 끊임없이 생각을 해 보아야 한다. '이렇게 일을 하면 나의 미래는 어떻게 될까? 또 이 일에서 내가 나만의 길을 살려나갈 수 있는 방법은 없을까?' 하고.

지금 직장에 있는 사람들도 결국 자신은 독립계약자이자 1인 기업가이고, 프로젝트 계약자라고 생각해야 한다. 기업과는 인연은 언제든지 결별訣別을 고할 수 있기 때문이다. 독립을 하지 않을 것이라면 그 조직에서 최고로 인정을 받아야 한다.

진짜 지식을 갖추기 위해서는 여행을 해 보는 것도 좋다. 여행을 제대로 한다면 느끼는 것이 많을 것이다. 사유思惟의 깊이가 깊어지고 폭이 넓어진다. 곧 인간과 자연에 대한 이해의 폭이 넓어진다. 그런 경험은 결국 회사생활을 하는 데도, 창업을 하는 데도 도움이 된다.

인간을 폭넓게 다루고 있는 다큐멘터리를 보는 것은 진짜 지식의 습득에 큰 도움이 된다. 최소한 1천 편은 보아야 한다. 다큐멘터리를 보면 정말 배울 것이 많다. 세상에 있는 온갖 것들이 다 나온다. 책은 지식을 '깊이있게' 전달하지만 다큐멘터리는 지식을 '생생하게' 전달한다. 그래서 이해의 폭이 굉장히 깊어지고 전체적인 흐름을 단번에 파악하도록 만든다. 물론 다큐멘터리는 깊이가 떨어지기 때문에 그런 부분에서 책의 보충은 반드시 필요하다. 그러나 책만으로 볼 수 없는 부분이 다큐멘터리에는 분명히 있다.

책과 마찬가지로 다큐멘터리도 그를 통해 인간의 모든 것을 배우게 된다. '인간의 모든 것!' 이것이 바로 학문의 모든 것이다. "학문을 하겠다! 공부를 하겠다! 독서를 하겠다! 다큐멘터리를 보겠다! 여행을 하겠다! 진짜 지식을 배우겠다!"는 것은 곧 "인간을 배우겠다!

인간을 알고 싶다! 인간의 삶에 궁극적인 도움을 주겠다! 인간의, 인간에 의한, 인간을 위한 모든 것을 하겠다!"는 말과 같은 의미이다.

때로는 책보다 다큐멘터리가 더 나은 경우도 있으므로 다큐멘터리도 많이 보는 것도 필요하다. 다큐멘터리를 볼 때는 생각을 많이 해야 한다. 그래야 느끼는 것이 크다. 재미로 보는 게 아니라 공부를 위해 보는 것이다.

책은 깊이를 전하지만 다큐멘터리는 이해도를 높인다. 때로는 책보다 훨씬 깊이있는 지식을 전하기도 한다. 책으로 만들어질 수 없었던 것도 다큐멘터리에서는 다루는 경우도 많다. 즉 찾아 보면 그 내용에 관한 책은 없는데 다큐멘터리는 있는 것이다. 그런 것은 다큐멘터리에서만 유일하게 지식을 얻을 수 있다. 그렇기 때문에 책 못지않은 무게로 다큐멘터리를 중시해야 한다.

책이나 다큐멘터리를 볼 때에는 조금은 집중적으로 보아야 한다. 책도 이 분야 저 분야를 띄엄띄엄 볼 것이 아니라 작정을 하고 한 분야를 단숨에 읽어야 한다. 그래서 한 분야에 감感이 잡힌 상태에서 다른 분야의 독서로 넘어가야 한다. 최소한 300권 정도는 읽고 넘어가야 하고, 그것도 단박에 읽어야 한다. 그래야 머릿속에서 빠른 속도로 통합이 된다.

다큐멘터리도 마찬가지다. 한 편을 보았으면 빠른 속도로 끝까지 반드시 보아야 한다. 보다가 도중에 끊었다가, 한참 지났다가 보면 머리에 남는 게 없다. 지식습득은 단번에 하면서 전체적인 흐름을 확실히 잡아야 하고, 그를 바탕으로 세부적인 공부가 되어야 한다.

이제는 단순암기나 하는 교과서가 아니라 길거리에 돌아다니고 있는 책들이나 여행, 다큐멘터리, 영화, 드라마, 소설·시·수필에서 배우고 회사에서 하는 직접경험을 통해서 진짜 공부를 해야 한다. 이것이 진짜 지식이므로.

창업을 해서 사장으로 일하면서 세계적인 기업으로 키워나가는 경험도 정말 큰 배움이다. 그런 건 학교에서는 가르쳐 주지도 않지만 실제 세상에서 가장 중요한 경험이며, 절대적인 경험이고, 종업원과 주주 나아가 인류 전체를 살리는 위대한 일이다.

성공으로 가는 길은 다양하다. 때로는 우회하는 것이 더 빠른 길일 수 있다. 다양한 경험을 쌓고 대기업의 임원으로 바로 취업하는 경우도 충분히 가능하다. 경험을 토대로 책이나 영화를 만들 수도 있고, 여행을 좋아하는 사람은 전문성 있는 여행 작가가 될 수도 있다.

옷을 만드는 데 재능이 있으면 직접 옷을 만들어 세계 전시회에 참가하여 수출계약을 맺을 수도 있다. 빌 게이츠와 맞장을 뜨고 싶다면 윈도우 프로그램을 뛰어넘을 수 있는 프로그램 개발에 미치면 된다. 마케팅 부서에서 일했고 그 분야의 경쟁력이 있다면 마케팅 전문회사를 설립해 서비스를 제공해도 좋다. 권위있는 마케팅 대회나 대기업에 자신의 제안서를 넣는 식으로 작업을 해 나가는 것도 좋다.

한 번뿐인 소중한 내 인생, 인간답게 살려면 진짜 실력이 있어야 한다. 그러기 위해서는 독서와 다양한 경험이 있어야 한다. 그리고 실패에도 절대로 굴하지 않고 끝까지 도전하는 투지가 있어야 한다. 그러면 모든 어려움을 이겨낼 수 있다. 만약 회사에서 취업을 안 시켜 주면 이렇게 말해 보는 건 어떨까?

"나는 당신 회사보다 더 큰 회사를 세울 테니 두고 봅시다. 당신 회사의 채용규정에만 내가 맞지 않을 뿐 나는 세계 최고의 인재입니다. 그것은 내가 당신 회사를 능가하는 회사를 경영함으로써 증명해 보이겠습니다. 나는 당신 회사에서 규정한 답이 아닌 나만의 새로운 답을 창조해 보이겠습니다. 당신 회사는 분명 땅을 치고 후회할 것입니다. 나는 ○○○입니다! 나는 이 시대가 규정한 답을 거부하고 나만의 새로운 답을 창조해 그로써 세상을 내 것으로 만들 것입니다."

지식의 빅뱅시대, 무식하게 덤벼라

이제는 대학을 졸업했다거나 어떤 대학을 나왔느냐는 중요하지 않다. 자기 자신이 어떤 능력을 가지고 있는가가 중요할 뿐.

자본주의 사회에 살고 있는 우리는 대학을 졸업하면 경제적 문제 해결이라는 현실과 직면하게 된다. 그리고 치열한 생존경쟁을 벌이게 된다. 그리고 그때서야 절실히 깨닫게 된다. 진짜 경쟁은 대학간 판이나 학력이 아닌 진짜 실력임을.

각 분야에서 활약하는 최고의 전문가들은 자신의 실력으로 승부하고 있고, 자신의 실력이 있을 때에만 세계무대에 나설 수 있다.

글로벌화 된 세상을 살고 있는 지금, 좁은 우리나라에서만 살지 않을 마음이라면 진짜 실력을 움켜쥐어야 한다.

다른 나라에서는 서울대를 괜찮은 대학으로 인정하지 않는다. 그리고 그것을 중요하게 생각하지 않는다. 얼마나 실력이 있고, 얼마나 실질적으로 자신에게 도움이 되는가를 최우선으로 본다.

이제는 내 삶을 결정짓는 것은 대학간판이 아니라 나 자신이다. 과거 학벌만으로 사회 각 분야의 고위층이 형성되던 시절은 원시시대原始時代의 이야기가 될 것이다. 아직 그 잔재는 남아 있지만 앞으로의 사회는 크게 변할 것을 진심으로 믿어야 한다. 학벌은 성실성을 증명하지만 그것이 본질적인 경쟁의 성패를 결정짓는 요소는 되지 못할 것이다.

지금까지의 교육 시스템 탓에 대학을 졸업한 사람은 앞으로 모든 것을 제로베이스로 정의하고 새롭게 실력을 쌓고 경쟁을 해야 한다. 한마디로 대학 계급장을 떼고 한판 승부를 벌이는 흥미진진한 세상이 온 것이다. 실력 없는 박사에게 경멸을, 실력 있는 고졸자에게 경의를, 자신만의 방식으로 정답을 창조한 스티브 잡스와 빌 게이츠에게 박수를 보내야 한다.

따라서 우리는 오직 자기 자신만의 경쟁력을 키워야 하고, 실질적인 실력을 키워야 한다. 그것만이 미래를 온전히 내 것으로 만들 수 있는 유일한 길이다.

실력중심으로 사회구조가 급속하게 재편되고 있는 지금, 이 세상을 리드하려면 진짜 실력을 키워야 한다. 지식사회를 선도하기 위해서는 방대한 지식을 보유하고 있어야 한다. 그리고 그를 통해 새로운 생산물을 만들어 세계를 선도해야 한다.

학교 밖에서 얼마나 치열하게 지식을 습득하는가가 절대적으로 중요한 시대가 되었다. 그리고 그를 통해 얼마나 새로운 가치를 생산할 수 있는가로 번영의 격차가 결정되는 시대가 되었다.

'평생학습'만큼 중요한 말은 앞으로 존재하지 않을 것이다. 평생공부 · 평생학습은 앞으로 이 시대의 근본적인 화두가 될 것이다.

대학을 졸업하면 공부는 끝이라고 생각했던 많은 직장인들도 이 대열에 참여를 할 것이고, 모두가 대학에서 배우는 것은 전혀 없고 대학 밖에서 배우는 것이 거의 전부라는 것을 인식하게 됨으로써 지식습득의 여정은 평생 동안 이어지게 될 것이다. 그러면서 자신이 습득한 지식을 자신의 사업과 일에 적용하는 스마트 리더들이 이 시대를 선도하게 될 것이다.

지금의 시대는 지식이 끊임없이 탄생되고 사라지는 지식의 빅뱅시대이고, 이 지식의 빅뱅시대를 주도하는 사람은 오직 끊임없이 학습을 하는 사람 외에는 없다. 실질적인 지식을 전해 주지 못하는 대학은 주인이 아니다. 새로운 지식을 끊임없이 학습해 나가는 우리 자신이 주인이다.

시대가 변했다. 지식만이 꿈과 희망을 약속하는 유일한 것이고, 그 지식은 우리 자신이 직접 대학 밖에서 습득해야 한다. 이제는 우리 자신이 스스로 얼마나 치열하게 학습하는가에 따라 우리의 삶이 근본적으로 달라질 것이다.

제**3**장

대안은 있다!

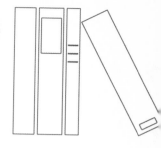

이제는 취업이 아니라 창업이다

지금 당장 가진 것이 없다면 취업을 해야 한다. 안정적인 수입이 없으면 그 무엇도 할 수 없다. 생활의 안정이 없으면 크게 불안하기 마련이다. 그러나 우리는 결국 창업가의 길로 나갈 수밖에 없다. 세상으로부터 그렇게 강요받고 있기 때문이다. 취업을 못 하는 사람들도 있고, 직장생활을 평범하게 계속 해서는 미래가 없다.

대기업에서 일하는 사람은 전체 노동자의 10%에 불과하다. 나머지 90%는 중소기업에서 일을 한다. 그리고 대기업에서 일하는 사람들도 나이를 먹으면 반드시 승부를 보아 임원이 되어야 한다. 그렇지 않으면 미래가 없다. 그것은 중소기업에서 일하는 사람들도 마찬가지다.

결국 모든 직장인은 임원이 되든가, 창업을 하든가 둘 중 하나를 선택할 수밖에 없는데, 확률적으로 둘 다 만만치 않지만 오히려 안전한 쪽은 창업이 아닌가 하는 생각이 든다. 승진의 사다리에 올라가는 것은 실력만으로는 되지 않는 경우도 많고, 시간도 20년 정도로 오래 걸리고, 확률적으로 전체의 1% 미만이기 때문이다.

그러나 자신이 실력을 직접 쌓아 창업을 하게 되면 자신이 원하고 가장 잘 하는 일을 함으로써 성공확률도 높이고, 일을 하면서도 즐거움을 느낄 수 있다. 본업本業 하나에 미침으로써 에너지를 집중할 수 있게 된다. 자신의 이름을 내건 회사를 세워 일생을 바쳐 경영을 하는 것은 정말 멋지지 않은가! 그리고 그 기업이 100년, 1,000년 뒤에도 있다니 얼마나 멋진 일인가!

우리는 결국 취업을 한 후에도 창업을 준비해야 한다. 물론 창업 아이템을 볼 것이 아니라 직장에서 기본적인 일에 최선을 다함으로써 업무적인 부분에서의 실력을 쌓고 기본적인 부분에서의 힘을 길러야 한다. 결국 사업에서의 성공은 어떤 사업을 선택하느냐What가 아닌 어떻게 일하느냐How로 결정되기 때문이다.

실제로 회사에서 능력이 있다고 인정을 받아야만 사업을 해서도 성공할 수 있다. 그러므로 회사에 있을 때 목숨을 걸고 직장생활을 해야 한다. 창업을 염두에 두고 회사생활을 하고 있다면 이렇게 생각해야 한다.

"내가 창업을 염두에 두고 일을 하는 만큼 나는 최고의 실력을 보유해야만 한다. 따라서 나는 회사에 있는 동안 실력을 확실하게 쌓아야 한다. 회사생활을 정말로 열심히 해야 하고, 실제로 내가 지금 기업을 경영하고 있다는 마음으로 해야 한다. 그러면 나도 크게 성장할 수 있고, 그 때문에 내가 다니는 회사도 크게 성장할 수 있다. 회사가 나에게 경제적인 보장을 하는 만큼 나도 회사에 은혜를 갚아야 한다. 나는 내가 성장해 나가는 과정에서 남들보다 2~3배 이상의 이익을 회사에 제공해야 한다. 그래야 내가 회사를 떠나도 미안하지 않고, 나에게도 진정한 도움이 된다. 결국 회사생활을 탁월하게 해야만 나도 회사도 웃을 수 있다."

인생이란 운명을 개척하는 것이고 운명에 도전하는 것이다. 기업가의 길이란 본질적으로 죽느냐 사느냐의 기로岐路이다. 편안하게 직장생활을 할 수만 있다면 좋겠지만 그럴 수 있는 때는 아니다. 그리고 인생이란 안주하는 순간 추락하는 길뿐이다.

인생이란 끊임없이 도전하는 속에서만 진정한 가치와 진정한 안정을 만들어낼 수 있다. 우리의 삶은 원초적으로 고통스럽고 힘든 것이다.

우리는 삶의 고통에 정면승부를 하면서 순간순간 최선을 다해야 한다. 아무리 시대가 어렵다고 해도 최선을 다해 살아가면 꿈과 희망을 만들 수 있다. 세상의 본질은 변하지 않기 때문이다.

하버드대학을 졸업하면 미래가 달라질까?

요즘 하버드대학 졸업생들이 가장 취업을 많이 하는 곳은 어딜까? 아니, 하버드대학 졸업생의 약1/3 이상이 진출하는 곳은 어디일까? 정답은 월스트리트Wall Street이다.

왜 월스트리트로 진출을 많이 하는 것일까? 그것은 타 직종에 비해 임금이 비교적 높기 때문이다. 그러나 곰곰이 생각해 보면 그것이 과연 그들의 꿈일까 하는 의심이 든다. 또한 금융이라는 직종에서 과연 우수한 두뇌가 필요한지 하는 의심을 갖게 한다. 즉 산업계에 자금을 공급하는 본래의 역할에 충실하면 될 금융권이 온갖 파

198
199

생상품을 만들어 이익을 얻는 것이 바람직한 것인가 하는 생각이 든다는 것이다.

실제로 금융적 기교技巧를 통해 돈을 버는 것에는 한계가 있다. 제조업을 바탕으로 한 건전한 성장이 뒷받침 되지 않으면 성장은 곧 거품이 되고, 이는 곧 꺼질 수밖에 없다. 따라서 건전한 성장을 뒤로 한 채 기교만을 부리는 곳으로 하버드대학생들이 몰려가는 것은 참으로 안타까운 세태가 아닐 수 없다. 하버드대학라는 간판을 이용해 단지 돈을 많이 주는 쪽으로 몰려가는 건 아닌지 하는 생각이 든다.

하버드대를 졸업했건, 서울대를 졸업했건, 고등학교만 졸업했건 중요한 것은 새로운 시대에 맞는 기업을 완성하는 데 노력해야 한다는 것이다. 왜 그래야 하는가? 그것만이 확실한 꿈이고, 문명의 진보이기 때문이다.

사카모토 료마, 스티브 잡스와 같은 위대한 인물들은 '문명의 진보'를 위해서 살아갔다. 즉 삶의 목적이 문명의 진보인 것이다. 그들은 단순하게 밥만 먹고 사는 일을 위해 살아가지 않았다. '영원히 죽지 않는 삶, 인류에게 큰 도움을 주는 삶'을 추구했던 것이다. 사카모토 료마는 문명의 발전을 위해 살아야 한다는 생각이 있었다. 그것만이 영원히 살 수 있는 길임을 알았기 때문이다. 스티브 잡스도 선인先人들이 이룩해 놓은 문명에 대해 감사하는 마음을 가지는 동시에, 자신도 후대의 사람들에게 도움이 되는 선인이 되고자 노력했다. 그는 문명의 진보를 위해 노력한 것이 자신을 이끌어온 삶의 원동력이라고 말한다.

우리는 일차적으로는 밥을 먹기 위해서 일을 한다. 그러나 그건 수준이 낮다. 일차적으로는 연봉 3천만 원 좀더 크게 보면 연봉 3억, 더 크게 보면 3천 억, 좀더 크게 보면 3조 원, 좀더 크게 보면 돈을 초월한 인류를 위한 꿈과 희망 그리고 인류의 문명이다. 좀더 멀리 봐야 한다. 그러면 지금 당장의 밥은 당연히 보장될 뿐만 아니라 궁극에는 모두를 위한 희망을 만들 수 있기 때문이다.

멀리 보지 않으면 밥이 곧 모든 게 되지만, 멀리 보면 인류를 위한 희망이 보이게 된다. 그래서 우리가 모든 걸 걸고 추구해야 하는 건 바로 꿈이다.

자신의 꿈을 이루기 위해 노력하면 된다. 반드시 기업화하지 않더라도 된다. 예술을 해도 좋고, 글을 써도 좋으며, 운동을 해도 좋고, 노래를 불러도 좋다. 단지 당장의 눈앞이 아니라 지구 전체를 위해 노력을 하겠다, 큰 기여를 하겠다는 마음으로 살면 모든 게 해결된다.

하버드를 졸업한 후, 당장의 보수를 위해 금융권에 취업해 산업계를 교란시키는 일 따위는 세계에도 자신에게도 좋지 않다. 뛰어난 머리가 있다면, 또 그만한 배짱이 있다면 세상을 놀라게 하는 일에 도전하고 노력해야 한다.

시대와 자신을 합일하면 신화가 된다

돈이 없으면 살아갈 수가 없다. 그래서 돈은 소중하다. 그러나 돈이 전부는 아니다. 그리고 전부여서도 안 된다. 꿈만 추구하면 된다. 그러면 돈은 따라온다.

용기있는 사람이 되어야 한다. 꿈에 도전하는 사람은 실패를 반드시 할 것이고, 도중에 힘든 시절을 반드시 겪어야만 하기 때문이다. 도전하지 않으면 패배자로 전락하게 될 것이다. 역사는 용기없는 자에게는 아무런 자비도 베풀지 않기 때문이다.

항상 높은 곳에서 내려다보면 길은 있게 마련이다. 따라서 "~수밖에 없다"는 말은 통용되지 않는다. 어떤 식으로든 할 수 있다고 생각하고 밀어붙여야 하는 것이다. 끊임없이 고민해야 한다. 어떤 식으로 자신이 성공할 수 있을지 끊임없이 고민하고 공부해야 하는 것이다.

걸으면서도, 밥 먹으면서도, 앉아서도, 누워서도 늘 생각해야 한다. 일하는 사람이라면 어떻게 하면 더 잘 할 수 있을지, 특별한 기회를 만들 수 있을지를 늘 생각하고 살아야 한다. 머릿속에는 그것만 들어 있어야 한다. 그러면 반드시 하루에 몇 개씩 아이디어가 떠오르게 되고, 그 중에 한두 개는 큰 기회로 바뀌게 된다. 인간이 목숨을 걸고 매진하는 힘은 감히 상상하기조차 힘들다. 그렇게 꿈에 미치면 신화를 만들 수 있다.

자기 자신을 혁명해야 한다. 그러나 그것은 사실 불가능에 가깝다. 그렇기 때문에 자기를 개조하고, 큰 변화를 일군 사람은 엄청난 도약을 하게 된다.

사람은 한 번 태어나는 것이 아니다. 평생 동안 몇 번이고 다시 태어날 수 있다. 마음가짐만 바뀐다면. 1년에 1번 이상은 다시 태어날 수 있는 사람이 되어야 한다. 늘 변화하고 변화하여 늘 발전하는 사람, 나아가 혁명적인 사람이 되어야 하는 것이다. 어제의 영광을 깡그리 잊고 새롭게 시작할 수 있는 사람, 어제의 영광마저 오늘의 짐이 될 수 있다고 여기는 사람이 되어야 한다.

또한 실패를 실패로 여기지 않고 커다란 배움으로 여기는 사람, 실패는 성공으로 가는 징검다리로 여기는 사람, 실패야말로 모든 인생의 함정이 담겨 있음을 알고 그를 통해 크게 깨닫는 사람이 되어야 한다. 그러나 인간은 신이 아니기 때문에 완전할 수는 없다. 따라서 늘 노력해야 한다.

남들이 눈을 의식해서는 안 된다. 남들이 뭐라고 하든지 관계없다. 남들 보기에는 내가 바보천치로 보여도 그것이 아닌 것만은 나는 알지 않는가! 남들이 모두 오른쪽으로 몰려갈 때 왼쪽으로 가면 분명 '미친놈' 소리를 듣겠지만 누가 미친놈일지는 두고 볼일이다. 남들이 많이 가는 곳으로 간 사람이 미친놈일지, 역발상을 통해 블루오션으로 간 사람이 미친놈일지 말이다. 남들이 하는 말을 무시할 수 있는 배짱이 필요하다.

인간의 운명이란 어떻게 바뀔지 모른다. 어제는 가난했지만 내일은 전혀 달라질 수 있는 게 인간의 운명이다. 그런 사람들은 의외로 많다. 순임금도 과거 가난할 때는 그가 임금이 될 것이라고 생각한 사람은 아무도 없었다.

에바 페론이 술집 종업원으로 일할 때 영부인이 될 것을 생각한 사람은 아무도 없었다. 쌀집 배달원으로 일하던 정주영을 우리나라의 대표적인 재벌이 될 것이라고 생각한 사람은 아무도 없었다. 미래는 모른다. 그러므로 현재로써 미래를 판단하지 말고 꿈을 향해 미쳐야 한다.

세상을 사는 건 각자의 뜻대로 사는 것이다. 즉 자기의 가치대로 산다는 것이다. 불을 끌 사람은 불을 끄고, 도둑을 잡을 사람은 도둑을 잡고, 아이를 가르칠 사람은 아이를 가르치고, 그림을 그릴 사람은 그림을 그리고, 축구를 할 사람은 축구를 하는 것이다.

모두 자기 뜻대로 사는 것이다. 그게 인생이다. 따라서 무언가를 부러워할 필요는 없다. 나에게는 분명 나에게 맞는 일이 있으므로 거기에 매진하면 된다. 그리고 거기에서 최고가 되면 전설로 살아갈 수 있게 된다.

자신감과 포부를 지니고 꿈을 사랑해야 한다. 자신감과 포부가 없으면 인간은 한낱 범인凡人의 삶을 살게 된다. 적어도 내가 아니면 우리나라를 구할 수 없다는 생각 정도는 품고 살아야 한다. 내가 아니면 이 세계를 누가 변화시키겠는가라는 생각 정도는 품고 살아야 한다. 그런 끝을 알 수 없는 자부심과 강렬한 자신감이야말로 지금의 시대를 살아가는 든든한 방패라고 할 수 있다. 절대로 주눅 들고 기가 죽으면 안 된다. 일단 기죽으면 인생이 끝난다. 나는 할 수 없다고 믿는 순간 실제로 그렇게 되기 때문이다.

인간은 믿는 대로 되는 존재이다. 아이큐가 낮은 사람이 자신이 대단한 아이큐의 소유자라는 걸 알게 되는 순간 크게 달라졌다는 실화實話처럼 실제로 인간은 믿는 대로 되게 된다.

자신이 우리나라를 구할 영웅 나아가 세계를 변화시킬 위인이라고 여기면 실제로 그렇게 되고, 자신은 월급쟁이에 겨우 밥벌이나 하는 벌레 같은 사람이라고 생각하면 실제로 그렇게 된다. 믿는 대로 되기 때문이다. 그러므로 자신을 영웅으로 믿어야 한다. 그리고 그런 믿음에 확신을 줄 수 있도록 영웅답게 노력을 진하게 해야 한다.

월급을 받는 건 좋다. 때로는 절대적으로 필요하다. 그러나 지금 이 시대는 영구적으로 월급을 줄 수 있는 직장은 흔치 않다. 따라서 우리 모두는 야생野生의 새로 살아가야만 한다. 그러나 두려워할 필요가 없다. 원래 인간은 자연계에서 온대로 야생 속에서 살아가는 존재이므로. 강한 생존능력은 결국 어렵지 않다. 한 곳에 미치면 다 되게 되어 있다.

남들보다 잘 하는 건 어렵지 않다. 결국 경쟁은 자기 자신과 하는 것이다. 그러나 자신을 넘기가 가장 힘들다. 신독愼獨이라고 했다. 혼자 있을 때 잘 하기가 힘들다. 그러나 혼자 있을 때 잘 하는 사람은 결국 모든 것을 다 잘 할 수 있게 된다. 혼자 있을 때 잘 해야 한다.

시대를 잘 통찰하는 것이 절대적으로 필요한 시대가 되었다. 지금의 시대는 격변하고 있으므로 잘 살펴보면 커다란 기회를 내 것으로 만들 수도 있다.

모든 역사는 한 개인의 노력에서 나오는 것이 결코 아니다. 절대적으로 시운時運이라고 할 수 있다. 결국 그 시대의 흐름을 정확히 파악하고, 자신의 장점을 절묘하게 결합한 사람이 그 시대의 영웅이 되는 것이다.

영웅이란 다름 아니다. 그 시대를 자신의 페이스대로 이끌고 가는 사람이다. 우리는 그런 사람이 되어야 한다. 우리의 꿈은 단순한 월급쟁이가 아닌 신화 나아가 전설이 되는 것이기 때문이다. 그리고 궁극에는 우주에 흔적을 남기는 것이기 때문이다. 결국 그러려면 시대의 흐름을 잘 파악하고, 그것을 내 것으로 만들기 위해 노력하는 것이 절대적으로 중요하다고 할 수 있다.

세상을 움직이는 건 무엇일까? 그것은 바로 경제이다. 구체적으로 말하면 돈이고, 이익이다. 모든 세상 사람들의 움직임의 기저基底에는 이것이 깔려 있다. 따라서 이론만 따지는 사람이 되면 곤란하다. 또 논의만 중시하는 사람이 되면 곤란하다.

모든 일을 도모할 때는 돈부터 먼저 생각할 수 있는 사람이 되어야 한다. 현실적인 돈의 뒷받침이 없으면 그 무엇도 할 수 없기 때문이다. 돈이 없으면 몸은 자유를 박탈당하게 된다. 아무 일이나 해야 하기 때문이다.

돈 한 푼 때문에 사람이 죽을 수도 있다. 실제로 몇백만 원 때문에 사람을 살인하는 일도 발생하고, 불과 몇백만 원의 돈거래로 원수지간이 되기도 한다.

실제로 사람들은 빈천貧賤에 따라 인정까지 달라진다. 따라서 모든 일을 할 때에는 먼저 돈부터 계산해 넣는 습관을 꼭 들여야 한다. 돈이 없으면 모든 것을 잃게 된다는 것을 명심해야 한다. 돈은 분명 절대적인 것은 아니지만 극단적으로 돈이 없으면 절대적인 의미가 될 수도 있다.

지구인을 넘어 우주인까지 감동시키겠다는 꿈

처음부터 '세계'를 염두에 두고 꿈을 품어야 한다. 이제는 인터넷을 통해서도 하나가 되어 있고, 비행기를 타면 금방 외국으로 갈 수 있다. 이제 경쟁은 절대로 우리나라 내에서만 이루어지지 않는다.

우리나라 내에서의 1등으로 어깨를 으쓱이고 다니다간 해외의 실력자에게 단칼에 죽임을 당하게 된다. 진정한 사무라이가 되어 진검을 차고 해외로 나가야 한다. 결국 해외에서 인정받고, 세계에서 인정받아야 한다. 그래도 좋은 점은 해외에서는 객관적인 실력으로 평가가 된다는 점이다.

국내에서는 아직도 구태의연한 학벌이나 자질구레한 스펙 따위로 평가하는 곳이 있지만, 해외에서는 진짜 실력으로 평가를 하는 흐름이 많다는 것이다. 결국 진짜 실력만 있으면 세계를 평정할 수 있게 된다.

우리나라에서 세계로 나가는 방향도 좋지만, 세계에서 우리나라로 역으로 들어오는 방법도 좋다. 그렇게 성공한 케이스들도 꽤 있다. 이제는 국내 1위는 그저 상징적인 존재에 불과하고, 세계 1위만이 진정한 의미가 있다는 것을 명심해야 한다. 그래서 서울대를 졸업했느냐, 고등학교를 졸업했느냐를 따지지 말고 세계에서 어떤 제품으로 1등으로 인정 받았느냐로 이야기를 해야 한다. 그것이 시작이고 끝이기 때문이다.

꿈을 꾼다는 건 어떤 의미일까? 꿈을 꾼다는 건 결국 단순한 돈벌이를 하겠다는 것이 아니다. 단순히 회사를 경영하겠다는 것이 아니다. 단순히 축구선수가 되겠다는 것이 아니다. 그것은 자신의 분야로 이 세계에 뚜렷한 흔적을 남기겠다는 것을 말한다. 즉 자기 분야에서 전설이 되겠다는 것을 말한다. 그래서 세계전체를 자신의 무대로 만들고, 모든 관객들을 감동시키겠다는 것을 말한다. 그것이 진정한 꿈이라고 할 수 있다.

아직은 우주여행이 보편화되지는 않았기 때문에 우주인들에게까지는 그 감동을 전할 수 없지만, 수백 년 뒤 우주여행이 보편화되면 우주인들에게까지도 감동을 전파하는 것, 그것이 진정한 꿈이라고 할 수 있는 것이다.

꿈은 곧 감동이고, 그 감동은 모두가 공유해야 하는 것이다. 그것이 꿈이고, 희망이고, 인생이고, 신화이다.

큰일을 하기 위해서는 생산적이어야만 한다. 즉 자질구레한 것은 모두 잊을 수 있어야 한다는 말이다. 특히 개인원한이나 악감정 따위는 바로바로 잊어야 한다. 물론 쉽지는 않다. 한 번씩 생각나며,

그때마다 속앓이를 해야 한다. 그러나 꿈이 있는 사람은 명심해야 한다. 작은 일에 집착하면 성장할 수 없다는 것을. 원한은 잊고, 용서해야 한다. 그리고 작은 일은 무시할 수 있어야 한다. 특히 꿈을 추구할 때 온갖 사람들을 다 만나고, 놀면서 시간을 보내면 안 된다.

자신에게 가혹할 수 있어야 한다. 그래야 타인에게 온화한 사람이 될 수 있다. 꿈을 추구할 때는 작은 것은 잊고 무시할 수 있어야 한다는 것을 명심해야 한다. 그리고 어려운 일이 있으면 그 일을 기꺼이 감당하면 된다. 일이 실패하게 되면 주유소나 편의점에서 일하면서 재기를 도모해야 한다. 사람 사이에 갈등이 있으면 그때 내 잘못이 없으면 할 말은 해야 하고, 불합리하다면 싸울 때는 싸워야 한다. 일과 인간관계에 실패했을 때는 그에 맞게 적극적으로 맞서면 된다.

꿈을 이루기 위해서는 인간의 어두운 측면에 대해서도 충분히 이해를 하고 있어야만 한다. 사람들은 모두 이익에 따라 움직이며, 이익이 없으면 등을 돌릴 수 있다는 것도 생각하고 있어야 한다. 도둑놈 같은 사람도 있을 수 있다는 것도 알아야 한다. 세상 사람들이 언제나 내 마음 같지만은 않기 때문이다. 인간의 어두운 측면에 대해서도 찬찬히 생각하고, 생각을 정리한 뒤 대비할 수 있어야만 한다. 사업세계에서는 영원한 친구도 영원한 적도 없다는 것도 알아둬야 한다. 서로의 필요에 따라 언제든지 합종연횡과 이합집산이 되풀이 될 수 있는 것이다.

지금 자신의 처지가 하찮을 수도 있을 것이다. 그러나 역사는 이 하찮은 곳에서 시작된다는 사실을 명심해야 한다. 술을 빚는 건 한 숟가락의 작은 누룩이다. 한 숟가락의 누룩이 술을 만든다. 지금 현재의 조건이 하찮아도 그것에서 기적은 만들어질 수 있다. 작은 방이지만 이곳에서 세계를 바꿀 수 있는 글을 쓸 수도 있다. 세르반테스Miguel de Cervantes가 감옥에서 돈키호테를 집필했듯이. 누구든 하찮은 조건에서도 세계사를 바꿀 수 있는 역사를 쓸 수 있음을 명심해야 한다.

성공을 하려면 몽상가夢想家가 되어야 한다. 대책은 없어도 좋다. 일단은 몽상부터 가져야 한다. 일단 몽상을 가진 뒤 그것을 열심히 꿔야 한다. 그러면 나중에는 대책이 생긴다. 대책부터 만든 뒤 꿈을 꾸는 건 늦다. 또 그렇게 되지도 않는다. 기묘한 책략이란 열렬히 고심한 뒤에야 나오는데 그 책략이 나온 뒤 꿈이 나온다는 건 말이 맞지 않기 때문이다.

대책 없는 몽상가가 되어야 한다. 책략 없는 몽상가가 되어야 한다. 대안 없는 몽상가가 되어야 한다. 일단 몽상가가 되고 난 다음에라야 그 다음 할 일이 생기게 된다. 지나치게 큰 꿈은 작고 초라한 실천을 방해한다는 말은 맞지만 실제로 초라하기 그지없는 실천을 뜨겁고 치열하게 하면서 몽상을 꾸면 그 사람은 미래가 크게 달라지게 된다. 어렵고 힘들며 지저분하기까지 한 현실적 상황을 충분히 인정하고 밑바닥 생활을 하면서 세상 전체를 뒤바꿀 몽상을 꾸고 있으면 결국 '답'은 나오게 된다. 그리고 답이 나오면 그것을 현실화하면 된다. 특히 밑바닥인 사람들은 손해볼 것도 없다. 실패해도 어차피 밑바닥이기 때문이다. 그러나 그 몽상이 현실화되면 그는 새로운 전설이 되는 것이다. 일단 몽상부터 가져야 한다.

꿈을 이루기 위해서는 계획이나 꼼꼼함이 중요하다. 그러나 그것보다 더 중요한 것은 융통성이다. 세상사란 뜻밖의 돌발변수가 끊임없이 발생한다. 계획대로는 절대로 되지 않는다. 그 틀에 얽매이면 인생을 망치게 된다. "나는 반드시 이 꿈을 이뤄야 해!"라는 것이 자신을 망칠 수도 있다는 것이다. 오히려 구체적인 꿈이 없다면 그냥 아무 일이나 하면서 그 속에서 기회를 발견하고 그것을 확장하여 꿈으로 만드는 것도 좋다.

세상의 일이란 이렇게 되기도 한다. "나는 꼭 재벌이 될 것이다!"라고 생각한 게 아니라 그저 살고 싶은 대로 살아도 그렇게 될 수 있다. 그러니 만약 꿈이 정해지지 않으면 꿈을 정하지 않는 것도 좋다.

융통성을 발휘해서 어떤 일이든 재미있게 즐기면서 하겠다고 생각하는 것도 좋다. 그리고 내 마음가는대로 살겠다고 생각하는 것도 좋다. 그리고 이렇게 말하면 어떻게 생각할지 모르겠지만, 만약 굶어죽을 팔자면 굶어 죽겠다는 자세를 지니는 것도 좋다. 그렇게 편안함과 배짱을 지니면 오히려 마음이 편안해져 더 일을 잘할 수 있게 된다.

공부의 정의를 새롭게 하라

사람은 행동을 해야만 한다. 그래야만 모든 것이 달라질 수 있다. 생각만으로는, 이론만으로는 아무 것도 달라지지 않는다. 그래서 지식만을 가진 것은 아무 것도 아니다. 오직 행동을 통해 그 지식을 검증하고 객관적인 결과를 낼 때에만 의미가 있는 것이다.

우리는 도전을 하고, 행동을 해야만 한다. 그래서 그를 통해 뭔가를 얻고, 이 속에서 배움을 얻고, 다시 앞으로 나가는 절차를 반복해야 한다. 그래서 계속 앞으로 나가야 한다. 명심해야 한다. 생각만으로는 국조차도 짜게 만들 수 없다는 것을.

공부는 암기를 하는 것이 아니다. 중요한 것은 의미를 파악하는 것이다. 그리고 그 의미를 머릿속에 그림으로 그릴 수 있어야 한다. 그런 다음 그것을 말로 설명할 수 있어야 한다. 통찰한 뒤 놀라운 깨달음을 얻을 수 있어야 한다. 즉 그 말 속에 든 내용을 통찰하여 큰 깨달음을 얻고 그를 통해 새로운 시대를 열 수 있는 비책을 얻어내야만 한다.

그런데 다른 사람들은 그렇게 공부하지 않을 것이다. 그저 세세한 내용을 암기하는 데 치중하거나 앵무새처럼 그것을 반복해서 읽는 데만 신경을 쓸 것이다. 그러나 공부는 남들이 코피 터지면서 암기할 때, 한가롭게 코털을 뽑으면서 내용을 깊이 생각하는 것에서부터 시작된다고 할 수 있다.

공부는 세세한 내용을 파악할 것이 아니라 전체적인 그림을 그릴 수 있어야 한다. 즉 그 내용을 보고 전체적인 대의를 파악한 뒤, 그 내용 안에 있는 본질을 꿰뚫어야 한다는 것이다. 그런 다음, 그 맥을 간직하고 공부를 해야(독서를 해야) 정확한 이해를 할 수 있다. 그리고 그런 '본질'을 알고 있는 후라야 비로소 '시대의 흐름'과 '직관'의 힘을 활용하여 연결할 수 있게 된다.

하늘 아래 새로운 것은 없다. 멀리서 볼 때에는 신비스럽게 보이고 대단한 것처럼 보이지만 실제로 가까이서 보면 별 것 아니다. 이 세상의 모든 게 다 그렇다. 그래서 성공학은 결국 한마디로 정의된다.

"열심히 해라. 늘 다음을 준비해라."

정작 새로운 비즈니스 모델이라고 하지만 누구나 한번쯤은 생각해 본 것들이다. 세계 1위~10위의 부자들의 사업모델들도 보면 참 단순하다. 마음만 먹는다면 누구나 다 할 수 있는 일들이다. 신비스럽고 대단한 건 없다. 세계 1위 부자도 미국 대통령도 마찬가지다. 그러니 이 세상을 좀 만만하게 보고 나도 할 수 있다고 생각해야 한다. 남들이 한건 나도 할 수 있다고 생각하는 것이다. 그런 자신감을 가지고 살아야 한다. 실제로 대단한 건, 신비스러운 건 하나도 없기 때문이다.

내가 마음만 먹으면 하늘을 뛰어다닐 수 있음을 확신하고 겸허하게 오늘을 치열하게 준비해야 한다. 그러면 또 하나의 별이 탄생할 수 있는 것이다.

인간이 태어난 이유가 뭘까? 그건 일을 하기 위함이 아닐까? 그저 밥만 먹고 잠만 자는 존재가 되라는 뜻은 아닐 것이다.

결국 오늘날 대학의 문제도 따지고 보면 일의 문제이다. 일자리를 구할 수 없다거나, 일자리의 불안이 문제의 핵심인 것이다. 결국 요는 일이다. 일을 발견해야 한다. 그리고 그것을 꿈으로 승격시켜야 한다.

일을 하기 위해 태어난 인간이기에 일을 잘 선택해야 한다. 한번 선택하면 30년 이상 동행해야 하므로 결혼만큼이나 신중해야 한다. 정말 진지하게 고민하고, 숙고해 보아야 한다. 그리고 생각해 보다가 모르겠으면 일단 해 보아야 한다. 해 보면 정말 잘 알 수 있게 된다.

정작 나에게 맞는지 안 맞는지도 바로 파악할 수 있게 된다. 그래서 일단 해 보는 것이 좋다. 소위 뛰면서 생각한다고 하는데 그것이 좋다는 말이다. 인생은 쉬운 것 같으면서도 어렵고, 어려운 것 같으면서도 쉽다. 그래서 묘하다. 내가 마음만 긴장하고 다부지게 먹고 있으면 세상에 못 이겨낼 어려움 따위는 그 무엇도 없다. 심지어 죽음마저도 기꺼이 이겨낼 수 있다. 그러니 지금 이 정도의 불황, 이 정도의 위기는 아무 것도 아닌 것이다. 대학을 나왔든, 나오지 않았든 살기 어려운 시대이다. 그것은 평범함으로는 그 무엇도 할 수 없는 시대가 되었다는 말이다.

남들과 달라야 한다. 다르기 위해서는 미쳐야 하고, 목숨을 걸어야 한다. 그리고 그것은 단순한 만용이 아닌 치밀한 전략과 높은 수준의 지혜를 겸하고 있어야 한다. 그래야 승리할 수 있다.

앞으로의 승부는 분명 어려울 것이지만, 그래도 마음을 강하게 먹으면 충분히 이겨낼 수 있으리라 확신한다. 그런 점에서 우리 모두에게는 큰 희망이 있다고 볼 수 있다. 우리에게는 헝그리 정신이 있으므로.

세상의 커다란 기회라는 건 지금 떠다니는 것이라고 할 수 있다. 한 마디로 말하면 누구나가 다 알고 있는 것이라는 말이다. 누구나 손만 뻗으면 할 수 있는 것임에도 누구는 하고, 누구는 못 한다. 아니 정확히 말하면 안하는 것이다. 실제로 세상의 일이 그러하다.

사카모토 료마가 사쓰마와 조슈의 연합을 구상했을 때 그 구상은 독창적인 것이 아니라 일본 천지가 다 아는 것이었다. 시바 료타로는 『료마가 간다』에서 이렇게 말한다.

"그 당시에 사쓰마와 조슈의 연합은 료마의 독창적인 구상이 아니라, 이미 사쓰마와 조슈 이외의 지사들 사이에선 상식이 되어 있었다. 사쓰마와 조슈가 손을 잡으면 바쿠후가 쓰러진다는 것은 모두가 생각한 착상이었다. 공경인 이와쿠라 도모미가 생각했고, 지쿠젠의 한 관청에서 참살된 지쿠젠의 지사 쓰키가타 센조도 늘 그것을 생각했으며, 료마와 같은 고향의 지사인 나카오카 신타로도 그런 생각을 했다. …… 이미 그것은 공론이 되어 있었던 것이다. 그러나 이는 탁상공론에 지나지 않는다. 행동으론 옮기지 않고 논리만 내세우는 것이나 다름없다는 말이다. 료마라는 젊은이는 그 어려운 문제를 마지막 단계에서 오로지 혼자 담당했다."

그렇다. 누구나가 다 아는 것이라도 시도하는 것에 따라 영웅이 되기도, 범인凡人이 되기도 한다. 페이스북이나 유투브 같은 것은 엄밀히 누구나 만들 수 있는 것이다. 사업모델도 참 단순하고, 제공하는 서비스도 참 단순하다. 그런데 누구는 만들어서 세계적 재벌이 되고, 누구는 그것을 가만히 보고만 있다.

생각하기에 따라 큰 기회를 만들 수 있다. 물론 돈이 한 푼도 없으면 어려움이 있고, 또 실패의 가능성도 있기 때문에 리스크가 있다. 그러나 도전하지 않으면 달라지지 않는다.

어느 정도의 여력이 되고 여건이 되면 반드시 "엄청난 도전"을 해야만 한다. 즉 규모가 다른 스케일이 큰 도전을 해야 한다. 적어도 1조 원 이상을 손에 쥘 수 있는 도전을 해야 한다는 말이다. 그런 도전이 없으면 인생이 큰 폭으로 달라지지 않는다. 매일 손에 쥐는 몇 푼의 돈으로 평생을 살아가야 한다.

기회는 분명히 말하지만 아직도 있다. 아니 많다. 그러나 전혀 여건이 안 되면 도전하지 못하므로 어느 정도의 돈을 모으고, 기회를 확실하게 내 것으로 만들 치밀한 준비도 해야 한다. 그러나 그때가 되면 그런 큰 도전을 해야 하고, 또 경우에 따라서는 많이 해야 한다. 빌 게이츠의 말대로 큰 도전을 많이 하면 그 중에서 몇 개만 성공을 해도 큰 성공을 하기 때문이다.

우리는 기회 그 중에서도 엄청난 기회에 주목하고 도전을 해야 한다. 그래서 성공을 하더라도 엄청난 성공을 해야만 한다.

세상의 일이란 이런 면도 있고, 저런 면도 있기 때문에 이렇게 하면 반드시 이렇게 된다는 것을 확답할 수는 없다. 그렇기 때문에 늘 융통성 즉 모든 가능성을 열어 두고 살아야 한다. 그러면 일도, 사랑도, 인간관계도 크게 달라질 수 있다.

영혼이 자유로운 삶

인간은 어떠한 경우에도 자신이 좋아하는 길, 자신에게 이익이 되는 길을 선택해야만 한다. 나를 희생해서 타인을 행복하게 한다는 것은 말이 안 된다. 나도 행복하고, 타인도 행복해야 한다. 나의 인仁의 실천을 통해서 모두가 웃을 수 있어야 하는 것이다.

자기 자신을 사랑하지 않는 사람은 그 무엇도 할 수 없다. 요즘에는 이기적利己的인 것이 사회문제가 되고 있다. 그래서 이타적利他的이어야 한다고 말을 한다. 그러나 진정한 이타利他는 오직 이기利己에서만 나온다. 가장 이기적인 사람이야말로 가장 이타적일 수 있기 때문이다.

인간은 극도로 가난해지면 예의와 인의를 잃게 된다. 또 쌀독에 쌀이 가득하면 인심이 넘쳐나게 된다. 먼저 자신을 우뚝 세워 큰 그늘을 만들 수 있는 나무가 되어야만 모두를 위한 그늘을 제공할 수 있음을 명심해야 한다. 물론 이것이 수단과 방법을 가리지 않고 자신을 위해야 한다는 말과는 다른 의미임은 잘 알 것이라고 믿는다.

자신을 세운 뒤 남을 세워야 그 세움이 온전할 수 있고, 나도 기쁘고 타인도 기쁠 수 있다. 진정으로 바람직한 것은 오직 수신修身을 바탕으로 한 평천하平天下하는 것임을 언제나 명심해야 한다.

핵심은 스스로가 행복해야 한다는 것이다. 자신이 행복하지 않고, 남들이 부러워만 하는 삶은 삶이 아니다. 남이 한탄하더라도 내가 행복하면 그게 최고의 삶이다. 그래서 우리는 남의 눈을 떠나야 한다. 많은 사람들이 가는 길을 떠나야 한다. 우리는 오직 자신의 내면으로 향해야 한다.

그러나 이런 삶이 수도승과 같은 삶만은 의미하지 않는다. 그런 삶은 결코 행복하지 않다. 대부분의 사람들은 그렇다. 아니 어쩌면 단 한 명도 없을지도 모른다. 최소한의 경제적 여건이 허락되지 않는 삶은 인간을 짐승으로 만들기 때문이다.

자신의 내면으로 향한다는 말은 자신의 가슴이 시키는 일을 따라간다는 말이고, 자신의 삶을 진정으로 자유롭게 산다는 말이다.

자유! 이 얼마나 아름다운 말인가! 내 영혼은 정말이지 자유롭게 살아야 한다. 자유롭게 훨훨 날아다니는 새처럼! 그러나 이 자유라는 것이 방종放縱과는 다르다. 자유에는 책임이 따르고, 자유는 절제되어야 한다. 그런 점은 기억을 해야 한다. 진정으로 가장 나답게 사는 것이 무엇인지 충분한 고민을 해 보아야 한다. 가장 나답게 살때 행복도 성공도 모두 거머쥘 수 있기 때문이다.

열심히 사는 삶은 실패를 해도 후회를 하지 않는다. 열심히 했기 때문에 후회하지 않는 것이다. 물론 생활의 불편함은 있을 것이고, 때로는 괴로울 것이다. 그러나 열심히 했기에 후회하지 않는다. 설사 꿈을 이루지 못하더라도 그 꿈을 향해 걷다가 죽는 것, 그것이 바르고 아름다운 삶이라고 나는 믿는다.

뜻이 있는 청년들은 처음부터 생각해야 한다. '무엇을?'. 평생 동안 실패한 채 살아갈 수도 있다고 말이다. 실제로 꿈을 꾸다가 실패할 사람들이 훨씬 더 많다. 그러기에 그런 각오를 미리부터 해야 한다.

비록 실패해도 후회하지 않겠다는 다부진 마음을 먹어야 하는 것이다. 그러나 자신이 진정으로 좋아하는 일을 하고 보람있고 의미 있는 일을 했기에 절대로 후회는 하지 않을 것이다.

비록 가난할지언정. 배부른 돼지보다는 배고픈 꿈꾸는 자가 더 낫다는 말이다. 직장에서 높은 연봉을 받지만 큰 보람을 느끼지 못하고, 상사와 마찰을 빚느라 늘 스트레스 받는 삶이 아니라 자신의 삶을 하나의 시詩이자 소설로 만드는 것이 아름답다는 말이다. 우리는 꿈을 꾸며 뜨겁고 행복하게 살아가야 한다.

불행이라는 벗

운運이 좋지 않은 사람은 앞으로 걸어가면서도 뒤로 넘어져 죽는다. 운이 좋은 사람은 전쟁에 참전해도 살아서 돌아온다. 운이다. 분명 이 세상은 운이라는 게 작용한다. 장사를 해도 그렇다. 도대체 무엇인지 설명할 수 있는 어떤 기운이 있다. 그리고 뭔가 이상한 일이 벌어지는 게 있다. 그런 것이 분명히 있다.

그렇다면 어떻게 해야 할까? 최선을 다하는 것이 기본이다. 그리고 좋지 않을 때는 지금은 겨울이라고 생각하고 조만간 봄과 여름이 온다는 것을 알고 열심히 씨를 뿌려야 한다. 그러면 반드시 기회를 잡게 된다. 그리고 나는 운이 좋은 사람이라고 착각 속에서 사는 것도 나쁘지 않다. 아니 이 착각을 확신으로 만들어 사는 것이 좋다.

예를 들어 마침 전화를 해야 하는데 핸드폰이 고장이라면 '하늘이 나를 위해서 전화를 하지 마라고 하는구나!' 라고 해석을 하는 것이다. 그리고 '이 시간을 보다 생산적으로 사용하라는구나!' 라고 해석하는 것이다. 즉 좋지 않은 일이 발생하더라도 그것을 나에게 좋게 해석한 뒤 내 안의 에너지를 긍정적으로 발현하는 쪽으로 모으는 것이다.

예를 들어 대기업 취업에 떨어졌다면 '신神이 나에게 대기업 사원이 되지 말고 대기업 창업가가 되라는구나!' 라고 생각하라는 것이다. 그리고 실제로 창업을 한 뒤 대기업으로 만들라는 것이다.

이렇게 하기 위해서는 엄청난 노력이 필요한데 이 대기업 탈락을 통해 내 안의 원초적인 힘을 끌어내는 쪽을 활용을 하라는 것이다. 또 하나의 예를 들어보면 '내가 물려받은 재산이 하나도 없는 것은 정주영이나 마쓰시타 고노스케와 같은 신화적인 역사를 쓰라는 뜻이구나!' 라고 해석하고, 어려운 고난적 상황에서 헝그리 정신을 발휘해 최선을 다해 일을 하는 쪽으로 가라는 것이다.

이런 식으로 발휘하면 마쓰시타 고노스케가 못 배운 것, 허약한 몸, 가난 때문에 성공했다는 것이 자기에게도 들어맞는 성공공식이 될 수 있다.

마찬가지로 명문대에 진학하지 못했거나 대학 자체를 못 가더라도 이렇게 생각할 수 있다. '세상이 나에게 비명문대를 졸업했음에도 세계적인 성과를 나타내게 함으로써 전설이 되게 하려고 이렇게 하는구나! 그리고 이제는 명문대생들도 별 것이 아니라는 것을 나를 통해서 증명하게 하려고 이렇게 하는구나!'라고 해석을 하는 것이다. 그런 뒤 내 안의 모든 힘을 한 곳으로 승부해 실제로 노벨상을 수상하거나, 세계적인 기업가가 되는 것이다.

운이란 분명히 있지만, 또 세상사가 마음대로 되는 건 아니지만, 그것을 나 나름대로 해석한 뒤 내 안의 힘을 한 곳으로 모으면 또 다른 신화를 쓸 수도 있다.

실패는 성공의 어머니라는 말이 괜히 나온 게 아니다. 실패를 성공의 과정에서 반드시 거쳐야 하는 관문이다. 단 한 번의 실패도 없이 성공한 사람은 지구상에 단 한명도 없다. 실패를 했다면 그 실패를 되새겨 보아야 한다. 왜 실패를 했는지만 정확히 안다면 그 실패는 두 번 다시 반복하지 않을 것이기 때문이다. 실패에서 자신의 약점과 강점을 정확히 알고, 무엇이 결정적인 패착이 되었는지만 정확히 분석할 수 있다면 실패는 커다란 자산이 될 수 있다.

실패는 절대로 부끄러운 것이 아니다. 도전의 상징이요, 성공으로 나아가는 징표이기 때문이다. 실패를 하면 먼저 실패 이유를 분석해야 한다. 그리고 다음부터는 반복하지 말아야 한다. 실제로 실패기를 잘 분석하는 것이 성공기를 살펴보는 것보다 더 좋다. 부자들을 따라하는 것도 좋지만, 가난한 사람들과 반대로 행동하는 것이 더 좋다. 구체적인 실패만 피해갈 수 있다면 성공은 저절로 따라오기 때문이다. 실패를 자산으로 삼을 수 있는 지혜가 필요하다.

가난하고 형편없는 위치에 있는 젊은이지만 전혀 기죽지 않고 목과 눈에 힘을 가득 주고 있는 사람이 있다. 그런 사람이 장차 큰 인물이 될 사람이다. 어떤 상황에 있든 흔들림이 없고, 어떤 상황에 있든 자신감이 넘치는 인물이기 때문이다.

사람은 상황에 흔들려서는 안 된다. 물론 환경적 지배를 받지만, 그것을 자신의 큰 웅지와 뜻으로 이겨내야만 한다. 그래서 자신의 길을 개척해 내야만 한다. 최선을 다한다면 반드시 인생역전은 가능하다. 절대로 불가능하지 않다.

많은 사람들이 우리나라는 신분 이동이 어려운 폐쇄적인 사회가 되었다거나 전 세계적으로 빈부격차가 심화되고 있다고 말한다. 그러나 그것은 전체적으로 그런 것뿐이지 내가 그 속에 속하는 건 아니지 않는가? '나는 예외다!' 라는 생각을 가지고, 최선을 다해야 한다.

세상은 마음먹기에 따라 달라지는 것이다. 내가 포기하면 내 인생은 달라지지 않지만, 내가 마음을 강하게 먹으면 내 인생은 달라지게 된다. 언제나 자신감을 가지고 최선을 다해 살아야 한다.

인생은 어쩌면 한편의 연극인지도 모른다. 그러나 연극과 다른 점이 하나 있다. 모든 무대를 자신이 만들어야 한다는 것이다. 자신이 만들고, 자신이 책임져야 한다는 것이다. 그래서 인생이란 모두 자기 손으로 만들어가야 하는 것이다.

인생은 화투와 같기도 하다. 좋지 않은 패를 받았든 좋은 패를 받았든 어찌되었건 승부를 해야 하기 때문이다. 좋지 않은 패를 가진 사람은 좋은 패를 가진 사람에게 승리하기 위해 더 정신집중을 해야 하는 것처럼 인생살이도 그래야 한다.

좋지 않은 패를 가졌다고 무를 수도 없다. 좋지 않은 패를 가졌다고 해서 봐 주고 그런 것도 없다. 결국 어리광을 부릴 수 없다는 말이다.

인생도 마찬가지다. 성인이 된 입장에서 어렵다고, 또 나는 못한다고 봐 달라는 말은 있을 수 없다. 어떤 식으로든 정답을 만들어 내고, 또 승부에서 이겨야만 하는 것이다. 그게 인생이다. 학교 다닐 때는 부모님이 주는 돈으로 학교를 다니면 됐지만 사회생활은 그게 아니다. 그래서 만만치 않다. 그러나 그러기에 오히려 재미있다고 할 수 있다. 그게 인생이다.

인간이 코너로 몰리는 것은 좋은 일이다. 그때에 사람은 자신의 진면목을 발견할 수 있음은 물론 변화를 시도하기 때문이다. 궁즉변 변즉통窮則變, 變則通인 것이다. 궁하면 통하게 마련이다.

Just do it!

지식의 습득 중에서 가장 좋은 건 무엇일까? 그것은 바로 직접 경험이다. 일단 직접 보는 건, 직접 만져보는 것, 직접 행해 보는 것, 직접 부딪쳐 보는 것이 가장 좋다. 그러면 느낌이 달라진다.

이왕이면 많은 것들을 직접 해 보도록 해야 한다. 그러나 그것이 쉽지 않기 때문에 독서와 여행 등 간접경험을 해야 한다. 그러나 한 시라도 젊을 때라면 많은 것들을 직접 해 보는 게 좋다. 특히 그 나이 또래들이 해 보지 못하는 것을 해 보는 것이 좋다. 그 나이 또래에 해보는 건 남들도 다하기 때문에 경험의 차별화가 없다.

남들이 전혀 하지 않는 것을 하면 경험의 차별화를 통해 독특한 생각을 가지게 되고, 그를 통해 또 다른 기회를 가지게 될 수도 있다. 그러니 남다른 경험을 해야 한다.

앞으로의 시대는 '남다른' 이라는 말이 가장 중요한 말이므로 늘 차별화를 고심해야 한다. 남들이 많이 가는 방향에 대해서 한심한 눈으로 바라보고, 자신은 그곳으로 가지 않겠다는 자세를 견지해야 한다. 물론 이것은 절대적인 것이 아니다.

'절대적' 인 것은 없다. 일관적인 것도 없다. 늘 변덕쟁이가 되어야 한다. 변덕을 부리고, 거짓말을 하고, 일관성이 없는 사람만이 크게 성공할 수 있기 때문이다. 그것이야말로 진정으로 이 시대의 특성을 정확히 이해하고 있는 행동이기 때문이다. 일관성은 없다, 절대적인 것은 없다, 융통성만이 해답이라는 것을 알고 있는 행동이기 때문이다. 직접 경험을 많이 하고, 그것이 안 되면 간접경험이라도 취해야 한다. 그리고 늘 차별화를 고민해야 한다.

인생은 결국 최고가 되든가 평범이 되든가 둘 중 하나이다. 중간은 없다. 6개월마다 열심히 한 것이나 논 것이 바로바로 평가되어

반영되는 단기승부가 인생이기 때문이다.

인생이란 본질적으로 그러한 단기승부의 총합이다. 그래서 인생은 마라톤이지만, 단거리 경기의 총합이라고 볼 수 있다. 따라서 늘 치열하게 노력하는 삶을 살아야 한다. 안 그러면 밑바닥으로 뚝 떨어지게 되기 때문이다. 중간은 없다. 최고가 되든가 거의 밑바닥이 되든가 둘 뿐이다.

실제로 현실이 그러하다. 상위 20%가 80%의 부를 가져가는 현실이고, 회사에서도 20%의 직원이 80%의 성과를 기록한다. 열심히 살지 않으면 비참하게 살 수밖에 없다. 하나를 하더라도 명품으로 만들어 내지 못하면 희망이란 단어를 결코 만들 수 없다. 목표는 언제나 1등으로 잡아야 한다. 2등은 의미가 없다고 생각해야 한다.

시류時流에 편승해서는 안 된다. 오히려 5년이나 10년 후에 내가 이 시대의 시류를 만들겠다고 생각해야 한다.

신중한 것은 좋다. 그러나 과감한 것은 더 좋다. 특히나 요즘과 같은 시대는 더 그래야 한다. 약 70%의 가능성이 있다면 도전을 해야 한다. 만약 그렇게 보이지 않더라도 작은 도전을 계속해서 과감하게 벌여나가야만 한다. 그래야 뭐라도 하나 걸리게 된다.

흔히 말해 낚싯줄을 많이 던진다는 것이다. 무엇이 걸릴지 모르고, 어떤 것이 성공할지 확신할 수 없기 때문이다. 일단은 부딪치고, 과감하게 도전하는 것. 신중한 것은 좋지만 그것이 기회를 놓칠 수 있기 때문에 빨리 부딪쳐 보고 가부可否 여부를 신속하게 판단하는 것은 필수적인 자질이 되고 있다. 지금은 보다 과감하게 용기있게 계속해서 뭔가를 만들어 나가야 하는 시대임을 잊지 말아야 한다.

제4장

당신을 반드시 리더로 만들어 줄
24가지 어드바이스

1. 단점은 남들이 가지지 못한 독특함이다

세상의 성공방정식이 하나만 존재한다고 생각하면 안 된다. 햇빛이 한 곳에만 들어오지 않고 온 사방에서 들어오고 있듯이 성공의 기회도 사방팔방四方八方에서 들어오고 있다.

자신의 단점이야말로 남들이 가지지 못한 최대의 독특함이다. 예를 들어 무용수 보보 포시는 뛰어난 테크닉을 가지고 있지는 않았다. 게다가 발은 안쪽으로 향해 있고 등까지 휘어 있어 자세가 나쁘다는 치명적인 결점을 가지고 있었고 유연성까지 떨어졌다. 그러나 그는 당시의 많은 사람들이 정답이라고 말하는 방향대로 걸어가지 않았다. 그는 남들과는 다른 자신만의 독특한 신체적 결점을 오히려 독특한 스타일로 창조해 냈으며 남들과 다른 모습 즉 독특하고 차별적인 특성을 부각시킴으로써 무용사舞踊史에 있어 한 획을 그을 수 있었다.

보보 포시는 다른 사람이 많이 가는 길을 가려고 노력하기보다는 자신이 가지고 있는 독특함을 최대의 경쟁무기로 활용함으로써 새로운 지평을 열 수 있었다. 그것은 유연한 사고, 기존의 틀을 깨고 문제 자체를 새롭게 정의하는 사고, 단면만 보지 않고 입체적으로 바라보는 사고가 만들어 낸 집결체였다.

2. 인생의 쓴맛

인생의 쓴맛을 단맛으로 여기지 않으면 살아갈 길이 없는 사람들은 어떤 일이든지 가리지 말고 감사한 마음으로 해야 한다. 그리고 평생을 밑바닥에서 살기가 싫다면 어떤 환경에서든 기회를 만들어 내야 한다. 그리고 약간의 돈이 모이면 반드시 모험과 도전을 하여 기회를 만들어 내야만 한다. 그래야 밑바닥을 탈출할 수 있다.

그러나 그러다 보면 내 삶이 왜 이렇게 고통스러울까라는 생각이 들 것이다. 그러나 삶의 본질은 곧 고통이다. 그래서 고통에 대응을 하는 과정이 인생의 과정이다. 때문에 사람은 어떤 일이 있어도 쉽게 흔들리지 말아야 한다.

고통이 닥치면 그것은 삶의 본질이며 그것을 극복하면 된다고 생각하면 된다. 또 기대 이상의 결과에도 흥분하지 말아야 한다. 결과에 합당한 고통의 대가를 치러야 하기 때문이다.

그러한 대가를 치르는 것이 인생의 본질이다. 자신의 인생에서 펼쳐지는 그 모든 것을 진심으로 끌어안고 사랑할 수 있어야 한다. 그래서 극한 어려움 속에서 치열하게 일하는 속에서도 얼굴에는 즐거움과 미소가 끊이지 않아야 한다.

3. 일을 할 때만큼은 고독한 사람이 되어라!

일을 할 때만큼은 사람들과의 관계나 다른 약속들을 다 끊어야 한다. 사람은 다른 것을 포기할 줄 모르면 절대로 대성大成할 수가 없다. 다른 자질구레한 일에 절대로 신경을 써서는 안 된다. 주위의 사람들이 자신을 챙겨 주지 않는다는 이유로 비난을 하더라도 감수를 해야만 한다. 일에만 몰두해야 할 시기에는 목표를 향해 철두철미하게 한걸음씩 걸어 나가야만 한다.

4. 기회는 창조적 표절에서 나온다

우리 모두는 창조적 표절 전문가가 되어야만 한다. 그 누구도 전혀 새로운 것, 완전히 새로운 것을 만들어 낼 수는 없다.

위대한 선인先人이나 동년배 지식인이 만들어 놓은 총체적 지식에 약간의 차이를 가미하여 독창적인 명품을 만들어 낼 뿐이다. 그러나 우리는 그 약간의 차이에 주목해야 한다. 왜냐하면 그 약간의 차이가 세계 1등과 2등을 가르고 그것이 우리 삶의 전부를 결정짓기 때문이다.

끊임없는 학습에 최선을 다해야만 하고 기존의 지식에 자신만의 독창성을 부여하여 시장을 창조할 제품과 서비스를 어떻게 만들어 낼 수 있을지에 대해 많은 고민을 해야만 한다.

5. 경험이 없다고 걱정하는 사람들에게

경험이 없다고 걱정할 필요는 전혀 없다. 상식에 매몰된 사람은 경험이나 경력이 부족하면 아무 것도 할 수 없다고 생각한다. 그러나 지금 우리는 그런 것을 생각하고 있을 틈이 없다. 지금은 경험이 있든 없든 계속 일을 벌려 나가야만 하는 시대이기 때문이다. 경험이 없더라도 지금 당장 시작하면 경험이란 바로 생기는 것이 아닌가?

지금 세계적인 사업가로 명성을 떨치는 사람들도 처음에는 경험이 없었다. 경험은 지금 당장 행동하면 바로 생기는 것이므로 경험이 없다고 주저하는 것은 전혀 바람직하지 않다.

6. 삶의 고통에 대하여

당신은 지금 세상에서 당신이 가장 힘들 것이라고 생각할 것이다. 그러나 세상에는 거의 대부분의 사람들이 다 똑같이 돈에 대해 어려움을 겪고 있고, 인간관계 때문에 문제를 겪고 있으며, 건강상의 문제 등을 겪고 있다. 즉 겉모습만 다를 뿐 사람 사는 모습이란 다 같다는 말이다.

당신의 고통이 가장 힘든 고통이라는 생각은 착각에 불과하다는 것을 알아야 한다. 그리고 전 세계를 둘러보면 정말이지 말로 표현하지 못할 만큼 엄청난 고통을 겪고 있는 사람들도 부지기수다. 그런 점을 안다면 자신의 고통에 대해서 기꺼이 맞서 이겨내겠다는 태도를 지니게 될 것이다.

인간은 환경의 영향을 받는다. 그래서 좋지 않은 환경에 있으면 인간이 망가진다. 따라서 의식적으로라도 좋은 환경을 만들어야만 한다. 만약 좋지 않은 환경이 있다면 어떤 식으로든 그것을 끊어내야만 한다.

예를 들어 가정의 문제가 있다면 그것을 어떤 식으로든 해결해야 하며, 자신에게 악영향을 주는 요소가 있다면 그것이 무엇이 되었건 끊어내야만 한다. 결국 지속적으로 방해를 받기 때문이다. 인간은 그 환경으로부터 절대적인 비약을 하기란 거의 불가능에 가깝다. 따라서 이 점을 명심하고 환경을 잘 조성하는 지혜를 반드시 발휘해야 한다.

7. 지금 이 시대에 가장 중요한 능력은 무엇인가?

지금 이 시대에 가장 중요한 능력은 암기하는 능력, 시험을 잘 치르는 능력이 아니다. 지금 이 시대에 가장 중요한 능력은 질문하는 능력이다. 왜냐하면 '정해진 답이 없는 시대'이기 때문에 '역으로 질문을 던져 자기 스스로 답을 찾아내는 것'이 무엇보다도 중요해졌기 때문이다.

질문을 던지기 위해서는 이 세상을 잘 관찰해야만 한다. 예를 들어 변화의 조짐이나 틈새, 새로운 시장, 사람들의 불편과 바람, 기술적의 발전상황, 세계제조업 주도권 이동 등을 잘 살펴보아야 한다. 그리고 이렇게 질문을 던져야만 한다. "내가 가진 독특한 능력으로 이 세상이 지금 요구하고 있는 것을 들어줄 수는 없을까? 그렇다면 그것이 기업화될 수는 있는가? 기업화했을 때 세계적인 기업이 될 수는 있는가? 그렇다면 내가 지금 당장 해야 할 일은 무엇인가?"

8. 지금은 정답이 없는 시대!

지금은 정해진 답이 있는 것은 인터넷으로 검색하면 누구라도 알 수 있는 시대이다. 우리가 16년 간 고등학교와 4년 간 대학에서 배운 지식은 CD 몇 장이면 정리가 된다. 그리고 이런 지식은 누구나가 알 수 있고, 알고 있으며, 학교의 선생님이나 대학교수는 훨씬 더 잘 알고 있다. 그러나 이분들이 이 시대의 답을 알려줄 수 있는 것은 결코 아니다.

지금의 시대는 정해진 정답이 없는 시대이기 때문이다. 지금은 스스로가 '발견되지는 않았으나 존재하는 각자에게 들어맞는 정답'을 찾아나서는 진취성과 열의를 지녀야만 뿌연 안개 속의 세상을 살아갈 수 있다.

9. 인생은 직선코스만 있는 것이 아니다

성공을 하는 방법 중에는 직선코스만 있는 게 아니다. 성공하는 기업을 이끌려고 하는 사람이라도 처음에는 중소기업에 취업을 할 수도 있고 밑바닥에서 아르바이트를 해 볼 수도 있고 세계를 걸어서 여행해 볼 수도 있다. 즉 성공을 향해 가되 우회해 가는 것이다.

우회하는 것이 결코 나쁘다고는 할 수 없다. 오히려 다양한 경험이 더 나은 결과를 낳을 수도 있다. 결국 사업이란 인간본질에 대한 이해 그 이상 그 이하도 아니기 때문이다.

10. 산이나 바다에 나가 보라

훌륭한 풍광이 펼쳐지는 산이나 바다에 가 보라. 그러면서 인생과 미래에 대해 생각을 해 보라. 그러면 의외로 좋은 생각이 떠오르는 경우가 있을 것이다. 환경이 달라지면 몸이 달라지고 몸이 달라지면 머리도 달라지기 때문이다.

아마존 창업자 제프리 베조스는 뉴욕에서 서해안을 향해 가던 자동차 안에서 사업계획을 구상했다고 한다.

따스한 햇볕도 맞고 맑고 신선한 공기가 흐르며 장대한 경치가 펼쳐지는 곳에 가서 어떻게 살아야 하는지 무엇을 하고 싶은지 한 번쯤 생각을 해 보라. 그리고 펜과 종이, 받침대를 하나 준비해 종이를 펴서 손으로 쓰면서 한번 생각을 정리해 보라. 그러면 정말 가슴 속에 있는 생각들이 나올 것이고 의외의 아이디어가 떠올라 큰 기회를 잡게 될 수도 있을 것이다.

11. 5지선다형과 주관식 문제

5지선다형에 익숙해진 우리나라의 20대들! 우리나라의 20대들은 5지선다형의 답은 쉽게 선택하지만 선택지가 무한대에 가까운 인생의 답은 쉽게 선택을 하지 못하고 우물쭈물하는 모습을 보이고 있다. 그러나 곰곰이 생각을 한 뒤 선택을 하면 된다. 어려워할 필요는 전혀 없다.

생각을 많이 한다고 해서 완벽한 답을 선택할 수 있는 것도 아니다. 그리고 설사 실패를 한다고 해도 자신이 판단했을 때 제대로 살았다면 아무런 후회가 없는 삶이 아닌가? 그리고 열심히 하는 자세만 있다면 성공 정도야 아무나 다 할 수 있는 것(물론 운도 작용한다)이 아닌가?

12. 블루오션 전략

지금 이 시대에 대한민국에서 가장 바람직한 상황은 무엇일까? 그것은 삶의 방향을 물었을 때 5천 만 대한민국 국민 모두가 모두 다른 답을 말하며 모두 다른 방향으로 뛰어가는 것이다. 그러면서 5천 만 국민 모두가 최대한 경쟁을 피하면서 세계 속에서 자신만의 독보적인 시장을 개척하는 것, 그것이 가장 바람직한 상황이다. 결국 우리의 대안은 블루오션이다.

지금으로부터 40억 년 전 천체충돌로 바다가 다 말라 버렸을 때 지하라는 낯설고 두렵고 안심할 수 없는 곳으로 진출했던 모험가만은 모든 생명체가 죽어가는 상황에서도 생존을 할 수 있었다.

22억 년 전과 6억 년 전에는 지구동결현상이 일어났지만 모험가만은 온천으로 진출을 했고 이 때문에 진핵생물로 진화될 수 있었다.

4억 년 전에는 맨틀대류에 의한 대륙이동으로 얕은 바다라는 삶의 터전을 잃었지만 모험가만은 민물과 육지로 진출을 했고, 2억 5천만 년 전에는 시베리아 대분출로 저산소가 되자 도전자는 횡경막을 만들어 대응을 했다.

3,300만 년 전 한랭한 기온으로 식량부족 문제를 겪자 도전자는 눈을 진화시켰다. 700만 년 전 인류가 탄생한 이후 인류는 온갖 고통 속에서 20종 중 19종이 멸종하고 단 1종인 호모 사피엔스만 생존할 수 있었다. 그러나 당시 인류의 두개골에 선명하게 남겨진 검치호劍齒虎의 송곳니 자국에서 확인할 수 있듯이 인류는 나약한 존재였다.

그러나 그들은 현실에 굴하지 않고 도전과 응전의 삶을 살았고, 그 결과 1만 년 전에는 남미에 이르렀고, 3,000년 전에는 더 나은 삶을 위한 도전정신과 모험심 하나와 허름한 배 한 척만으로 태평양의 섬으로 진출했으며, 2,000년 전에는 하와이와 이스터섬, 뉴질랜드, 태평양 전역으로 진출했다.

지금 우리도 46억 년 지구생명체가 승리한 방식 즉 46억 년이라는 긴 시간 동안 역사 속에서 철저하게 검증된 블루오션 전략을 채택해 나가야 한다.

13. 양극화의 시대

앞으로의 시대는 어떤 사업이든 '대박 아니면 쪽박'으로 오직 두 방향으로만 방향이 갈리게 될 것이다. 아니 지금도 그렇다. 따라서 우리도 사업을 한다면 대박 아니면 쪽박을 추구해야 한다. 우리가 살아갈 시대는 더 이상 '중간·중산층·평범함·보통·무난함·대충대충'은 존재할 수 없는 시대임을 명심해야 한다.

14. 취업을 한다면

먼저 직장인으로서의 커리어플랜을 세우고 나가야 한다. 그런 다음 목표가 정해지면 죽기 살기로 공부를 해야 한다.

놀 시간은 전혀 없다. 친구들과 만날 시간도 전혀 없다. 사람들과의 모임도 최대한 줄이고 오로지 시간을 몸값을 향상시키는 데만 투자해야 한다.

나이가 들면 시간투자가 더 하기 힘들다는 사실을 명심해야 한다. 신경이 다른 곳으로 분산되는 환경이 만들어지기 때문이다.

결국 입사 3년차가 최대고비다. 이때에 전문가로서 대성할 수 있는 실력을 쌓든가, 실질적인 창업을 할 수 있는 실력을 쌓든가 최소한 둘 중 하나는 되어야 한다.

만약 30대 중반을 넘어서도 실력이든 실적이든 경력이든 자신만의 독특한 면이든 그것이 무엇이든 이 세상에 내세울 것이 전혀 없다면 직장생활을 정말 잘 못 하고 있다고 보아야 한다. 그리고 만약 그렇다면 큰 위기의식을 가져야 한다. 인생의 후반부가 크게 흔들릴 수 있기 때문이다.

그러나 자신이 잘못 살고 있다는 각성覺醒만 제대로 한다면 언제든지 기회가 있다. 40세가 넘어서 아니 50세 심지어 60세가 넘어서도 도전을 하여 세계적인 기업을 만들거나 노벨상을 받은 사람도 있다. 그러니 절대 포기해서는 안 된다. 정말로 늦었다고 생각하고 눈에 불을 키고 사정없이 목표를 향해 달려들 때가 가장 빠른 때이기 때문이다.

신입사원으로 일하더라도 항상 사장의 관점에서 생각해야 한다. 이는 대기업에서 일하든 금융권에서 일하든 작은 중소기업에서 일하든 마찬가지다. 어차피 사업을 할 것이라면 자신의 분야에서 최소한 세계 1~2위는 되어야 한다. 왜냐하면 세계화된 시대에 그 이하로 밀리면 사실상 망할 수도 있기 때문이다. 그래서 늘 내가 사장이라고 생각하고 판단을 해 보야 한다. 나아가 지금 자신이 속한 기업의 사장이 어떻게 경영을 하는지에 대해서 비판적으로 이야기하고 대안까지 제시할 수 있어야 한다.

15. 우리는 CEO!

우리는 모두 CEO이다. 직장인이든 의사든 교사든 공무원이든 교수든 기술자든 작가든 모두 CEO로 살아가야만 한다. CEO처럼 생각해야 하고 CEO처럼 행동해야만 한다. 그것은 생존과 번영을 위한 절대사항이기 때문이다.

16. 고객이 가장 중요하다

"고객은 나에게 가르침을 주는 스승이고, 고객은 당장 옆에 보이지는 않지만 나의 일에 지대한 영향을 주고 큰 도움을 주는 동료이며, 나의 노력에 대해 열광하는 팬이면서 입소문자이다. 고객은 나의 직업생활의 전부이며, 내 삶의 전부이다." 당신도 나처럼 생각을 해야만 한다.

17. 도대체 당신이 팔 수 있는 것은 무엇인가?

당신은 당신이 가지고 있는 모든 것을 팔 수 있다. 그리고 우리 모두는 평생 무언가를 팔면서 살 수밖에 없는 존재이다. 그래서 나는 당신에게 묻는다. "당신은 지금 세상에 무엇을 팔 수 있는가?" 나는 당신의 이런 답변을 기대한다. "나는 내가 가진 모든 것을 팔 수 있다."

18. 당신 자신을 판매하라

우리는 우리가 만든 제품과 서비스를 판매한다. 그러나 결국 우리는 우리 자신을 판매하는 것이다.

"내가 판매하는 제품과 서비스는 나의 피 끓는 심장에서 나오는 열정을 쏟아부은 것이고, 최고의 작품을 향해 불타오르는 내 혼魂을 담은 것이며, 작품을 만드는 과정에서 눈물겨운 고통과 싸우며 완성한 각고刻苦의 결과물이고, 내 인생 자체라고 할 수 있는 대부분의 시간을 바쳐 만든 것이기에 그것은 단순한 상품이 아닌 나의 분신이고 나아가 나 자신이다."

결국은 고객도 결국은 그것을 알게 된다. 고객은 그것을 누가 만든 상품이고 서비스인지에 대해 관심을 가지게 된다. 결국 우리는 알게 된다. 우리는 제품과 서비스를 판매하는 것이 아니라 우리 자신의 본질, 자신의 모든 것, 자기 자신 혼 자체를 판매한다는 것을.

당신을 탁월하게, 남다르게, 독특하게 만드는 것은 무엇인가? 내가 가진 상품과 다른 상품의 두드러진 차이점은 무엇인가? 내가 가진 상품은 어떤 면에서 세계 최고인가? 내가 가진 상품이 세계 최고임을 고객에게 어떻게 증명하고 어떻게 설득할 것인가?

19. 현실을 제대로 볼 수 있어야 미래를 볼 수 있다

모든 것은 현실을 바탕으로 해야 한다. 관념론자, 이상주의자는 곤란하다. 철저한 현실주의자가 되어야 한다. 모든 것은 현실에서 이루어진다. 현실적인 뒷받침 없이 이상은 결코 이루어질 수 없다. 꿈도, 희망도, 아름다움도 모두 다 그렇다. 역사 속에서 이상주의자로 살아갈 수 있었던 사람들은 모두 현실주의자들이었다. 현실적 뒷받침을 통해 이상을 현실화할 수 있었기 때문이다.

단순히 장밋빛만을 추구하면 결코 아름다운 현실을 만들 수는 없다. 장밋빛 뒤에 숨어 있는 어려움을 볼 수 있어야만, 그리고 그 어려움을 기꺼이 맞이할 수 있을 때에만 장밋빛을 내 것으로 만들 수 있다. 모든 건 현실에서 시작한다는 점을 잊어서는 안 된다.

자신의 현실을 직시하는 것은 절대적으로 필요하다. 모든 일은 현실을 바탕으로 진행되어야 하기 때문이다. 현실은 따스할 때도 있지만 차갑고 냉정할 때도 많다. 우리는 따뜻한 마음을 가지고 살아가되 그 속에서 수시로 자기 자신에게 '생존을 위해 필요한 냉혹한 질문'을 주저 없이 던지고 답해야만 한다.

1) 당신이 취업 준비생이라면 이 질문을 하고 싶다.
"당신은 왜 고용되어야 하는가?"
2) 당신이 직장인이라면 이 질문을 하고 싶다.
"당신은 왜 고용되었는가?"
3) 당신이 사장이라면 이 질문을 하고 싶다.
"당신은 왜 사장으로 일하고 있는가?"

20. 모든 사람과 가까이 해야 한다는 생각은 버려라

만나서 자신의 일에 도움이 되지 않거나 자신이 도덕적·인격적으로 배울 것이 없는 사람은 함께 할 필요가 없다. 자신의 일에 도움이 된다고 해도 비도덕적인 사람은 함께 하지 않는 것이 바람직하다. 중요하지 않은 일에는 신경을 쓸 필요가 없다. 그런 사람과 일에 시간을 낭비할 만큼 인생은 길지 않기 때문이다. 당신이 20~30대라면 당신이나 나나 불과 50년에서 60년 정도밖에 살지 못하며 집중적으로 일을 할 수 있는 시간은 30~40년에 불과하다.

21. 왕성한 호기심을 발휘하라

발전하기 위해서는 호기심을 지녀야만 한다. 호기심은 인간의 지식을 크게 확장시킨다. 계속 '왜?' 라는 질문을 던지고 그에 답을 하는 습관을 들이면 한 인간은 무섭게 성장할 수 있다.

늘 호기심을 가지고 질문을 던질 수 있어야 한다. 거의 모든 질문이 도움이 된다. 심지어 남들이 볼 때 쓸데없다고 보이는 것들조차도 말이다.

결국 이 질문의 답을 통해 한 인간은 철학을 확고히 하게 되고, 또 답을 통해 전혀 생각지도 못한 길을 열 수 있게 된다.

호기심을 가지고 질문을 던져 정답을 찾아내고 그를 통해 철학을 확고히 하고, 기회도 찾는 습관을 들어야 한다. 정답보다 더 중요한 것은 위대한 질문이고, 그 출발은 바로 호기심에 있다.

22. 순수함을 잃지 말라

성공을 하려면 천진난만해야 한다. 그리고 사심이 없어야 한다. 즉 순수해야 한다는 것이다. 그래야 사람들과 교감交感을 나눌 수 있기 때문이다.

순수성을 잃어버리면 사람들과 제대로 교감할 수 없다. 교감할 수 없으면 공감共感이 나올 수 없고, 그러면 사람들을 만족시킬 수 없게 된다. 그리고 순수성을 잃어버리면 사람들이 따르지 않게 된다.

모든 일은 사람을 통해서 이루어지며, 특히 큰일을 하려면 자신을 도와주는 사람이 반드시 옆에 있어야만 한다. 그러려면 인간적인 감화感化가 매우 중요하다.

순수한 매력이 없으면 사람을 끌지 못하므로 오래가지 못하게 된다.

그리고 사심私心이 없어야 한다. 즉 돈만을 추구해서는 안 된다. 꿈을 추구해야 한다. 돈을 쓰는 일을 추구하면 안 된다. 육체적 욕망에 집착하면 피폐해지지만, 정신적 욕망을 추구하면 성인이 된다.

우리는 보이지 않는 세계와 보이지 않는 이상理想을 추구하며 살아가야 한다. 성공해서 번 돈은 남을 돕는 데 사용하고, 자신의 의식주만 해결하면 그것으로 족하다고 생각해야 한다. 실제로 그 사용이 도를 넘어서게 되면 결국 타락하게 된다.

술에 빠지고, 도박에 빠지고, 여자에 빠지게 되는 것이다. 절제할 때 모든 것을 유지할 수 있고, 그럴 때에 선행도 할 수 있게 되는 것이다.

23. '나' 라는 브랜드를 만들어라

당신은 1년 후에 어떤 브랜드로 기억될 것인가? 당신은 20년 후에 어떤 브랜드로 기억될 것인가? 당신은 100년 후에 어떤 브랜드로 기억될 것인가? 당신은 1,000년 후에 어떤 브랜드로 기억될 것인가? 그리고 당신은 이런 질문에 자신있게 대답할 수 있을 만큼

진하게 노력을 하고 있는가?

24. 진지하게 생각을 해 보자

1) 내가 죽기 전에 이루어 놓고 싶은 업적들은 무엇일까?

2) 내가 결국 이뤄내고 싶은 최종적인 꿈은 무엇일까?

3) 그 꿈을 이루기 위해 나는 무엇을 해야 할까?

4) 큰 경제적 성공을 거둔 뒤 세계를 위해 내가 하고 싶은 일들은
무엇일까?

5) 은퇴 후, 나는 어떤 삶을 살 것인가?

요즘 젊은 사람들과 이야기를 해 보면 희망이 없다는 이야기를 많이 한다. 그저 밥만 먹고 살면 된다는, 아니 그 조차도 어렵다는 이야기를 많이 한다. 자수성가가 어려워지고, 모두가 생각을 버리거나 따뜻한 위안에 목말라하고 있다. 낭만적인 발라드를 부를 여유는 없기에 현란한 댄스곡을 보며 마음을 달래고, 높은 경쟁률의 공무원 시험을 준비하며, 사회 전반적으로 무언가 크게 잘못 돼 있지만 구체적인 대안을 몰라 그저 바라만 보고 있는 모습이다.

불황이 깊어지고 있다. 따라서 모든 것을 기회로 활용할 수 있는 지혜가 절실히 필요해지고 있다. 비가 오면 비를 피하되 끊임없이 도전을 해야만 한다. 또 무엇이든 가리지 말고 해야 하고, 무엇을 기회로 만들 수 있는지 고심해 보아야 한다. 단순한 암기가 아니라 세상 밖으로 나와 뜨겁고 치열하게 부딪치면서 자신만의 경제영토를 넓혀나가야 하는 것이다. 지금은 그렇게 깨지고 터지면서 한 걸음씩 한 걸음씩 나아가야만 하는 시대이다. 안정이란 없기에 끊임없이 노력 속에서 안정을 만들어 나가야 하기 때문이다.

나는 우리나라 사람들이 그래도 이 어려움을 잘 극복하리라고 생각한다. 우리나라 사람들은 세계적으로도 가장 똑똑한 민족 중 하나이고, 노력도 극단적이라고 말할 만큼 많이 하기 때문이다. 분명 우리는 이 어려움을 충분히 헤쳐 나갈 수 있을 것이고, 이 속에서 또 하나의 길과 대안을 찾을 수 있을 것이라고 확신한다.

한 번 더 불안에 대해 이야기하고 싶다. 꿈이 있는 청년은 불안할 것이다. 꿈을 찾지 못한 청년도 불안할 것이다. 직장인도 불안할 것이다. 사업가도 불안할 것이다. 공무원도 불안할 것이다. 한마디로 모두가 불안해진 세상이다. 나도 밤에 잠이 안 올 때가 한 두 번이 아니다. 미래를 생각하면 그냥 새벽 4시가 훌쩍 넘는다. 요즘은 아침 7시까지 잠이 안 올 때도 많다. 고통스러울수록 고통의 극점으로 가야 한다고 믿고 있다. 고통을 넘어 업業의 탁월함으로 나가 전설이 될 때 삶의 비참함을 단칼에 끊어낼 수 있음을 믿고 있다. 그래서 잠이 안 오는 속에서, 엄청난 불안 속에서 최선을 다해 집필에 불을 태우고 있다. 불을 태우면 미래는 화산처럼 폭발할 수 있음을 믿기 때문이다. 물론 지금은 추운 방에서 글을 쓰고 있지만 말이다.

몰입하면 불안도 사라진다. 몰입하면 성과도 탁월해진다. 결국 몰입해야 한다. 미친 듯이 몰입해야 한다. 그러면 크게 나아갈 수 있다. 이제는 안정이란 없기에 어설프게 일을 해서는 안 된다. 지독하게 일을 해서 반드시 최고가 되어야만 하는 것이다. 만약 안 되면 잠시 힘든 생활을 하면 된다고 생각해야 한다. 그리고 언젠가는 달라질 수 있음을 믿고 최선을 다해야 한다. 실제로 실력은 언젠가는 드러나므로. 불안하다, 불안하다 말하지 말고 노력해야 한다. 쉽지 않음을 안다. 그러나 편한 선택, 손쉬운 선택을 해서는 미래가 없다. 잠시 편한 길이 아니라 어렵고 힘들더라도 자신의 길에서 반드시 승부를 보아야 한다.

반드시 해내야만 한다. 그래서 전설이 되고, 신화가 되어야만 한다. 우리 모두는 그래야만 한다. 이제는 선택이 아닌 필수가 되었다. 나는 그것을 우리 모두에게 말하고 싶다.

끝으로 마음만 효자인 아들을 지극정성으로 돌봐 주신 어머니께 이 책을 바치고 싶다. 어머니께는 늘 마음만 앞섰지 제대로 된 효도를 하지 못함에 늘 마음이 아팠고, 괴로웠다. 앞으로는 어머니께 효도할 수 있기를, 꼭 그러할 것을 굳게 다짐해 본다. 그리고 올해 돌아가신 할아버지께 이 책을 바치고 싶다. 나와 18년 간 같이 사셨던 할아버지가 돌아가셨는데 그 동안 일에 몰두하느라 제대로 챙겨드리지도 못했다. 이강열, 할아버지 이름 석 자에 부끄럽지 않은 삶을 살아가겠다는 다짐을 한다. 그리고 월비스 고시학원에서 강의를 하고 있는 전한길 선생님에게 이 책을 바치고 싶다. 선생님이 없었다면 나는 대학을 졸업하지도 못했고, 작가의 길에 들어서지도 못했다. 늘 어려울 때마다 따뜻한 조언을 아끼지 않는 선생님, 언제나 아낌없는 사랑을 베풀어 주시는 선생님께 고개 숙여 감사함을 전하고 싶다.

뜨겁고 치열하게 노력한다면 결국 모든 어려움을 해결할 수 있을 것이라고 믿는다. 삶이란 단 한 번뿐이기에 멋지게 살아야 하고, 후회 없이 살아야 한다고 믿는다. 우리 모두는 그런 삶을 살아가야 한다. 독자 여러분 모두가 자신만의 법칙으로 자신만의 성공방정식을 써나가기를, 그래서 전설이 될 수 있기를 진심으로 기도한다.